［日］

芥川龙之介

著

魏大海 主编

点鬼簿

GUANGXI NORMAL UNIVERSITY PRESS

广西师范大学出版社

·桂林·

图书在版编目（CIP）数据

点鬼簿 / （日）芥川龙之介著；魏大海主编. --桂
林：广西师范大学出版社，2022.5（2025.7重印）
ISBN 978-7-5598-4756-0

Ⅰ.①点… Ⅱ.①芥… ②魏… Ⅲ.①短篇小说–
小说集–日本–现代 Ⅳ.①I313.45

中国版本图书馆CIP数据核字（2022）第025441号

DIANGUIBU
点鬼簿

作　　者：（日）芥川龙之介
主　　编：魏大海
责任编辑：黄安然
特约编辑：徐　露
装帧设计：汐　和　at compus studio
内文制作：陆　靓

广西师范大学出版社出版发行

　广西桂林市五里店路9号　邮政编码：541004
　网址：www.bbtpress.com

出版人：黄轩庄
全国新华书店经销
发行热线：010-64284815
河北鑫玉鸿程印刷有限公司印刷
开本：889mm×1260mm　1/64
印张：6　　　　　　　字数：145千字
2022年5月第1版　2025年7月第8次印刷
ISBN 978-7-5598-4756-0
定价：39.00元

版权所有，侵权必究
如发现印装质量问题，影响阅读，请与出版发行部门联系调换。

目录

海　边 1

尼　提 17

死　后 23

湖南的扇子 32

三个疑问 54

点鬼簿 63

玄鹤山房 74

海市蜃楼 103

河　童 116

诱　惑 195

古千屋 222

三扇窗子 231

齿　轮 248

暗中问答 303

梦 323

某阿呆的一生 336

海边

一

雨还在下。我们吃完午饭，聊着东京那些朋友的事，期间好几支敷岛牌香烟都化成了灰。

我们住的是两间十平米左右的厢房，房外挂着遮阳的苇帘，正对空空荡荡的院子。虽说院子里什么都没有，但是这一带海边长着大麦一样的筛草，草穗稀稀拉拉垂在沙地上。我们来时，草穗还没长齐，长出来的也几乎都是绿的。但是，现在所有的草穗不知不觉已变成了黄褐色，棵棵穗尖上都挂着水滴。

"算了，还是干活吧！"

M躺在榻榻米上，身子伸得长长的，正用

浆得很硬的旅馆浴衣的袖子擦眼镜。他说的"干活"就是每个月为杂志写点儿什么，也就是他的创作。

M回到旁边的房间后，我拿坐垫当枕头，开始看《南总里见八犬传》。昨天我读到信乃、现八、小文吾几个去救庄助那一段。"其时延崎照文由怀中取出备好的沙金五袋，先取三袋置于扇上道……'三犬士，此金一袋三十两，些少东西，权资旅途之用。此非吾人为诸位饯行，实乃里见先生所赐，先生嘱务请笑纳。'"我看到这儿，想起前天收到的稿费，一张稿纸才四毛钱。我们两人七月从大学英文系毕业，维持生计已迫在眼前。我渐渐忘了《八犬传》，考虑起要不要去当老师的事来了。可是想着想着，就要睡着的时候，不觉竟得南柯一梦。

天色似乎已晚，我一个人躺在已经关好雨窗的房间里。这时不知是谁在敲窗，同时朝我喊着："喂，喂！"我知道窗子对面有个池塘，但是谁在喊我，我一无所知。

"喂，喂！我有事求你……"

雨窗外传来这样的喊声。我想：噢，原来是K。K是哲学专业的，比我们低一级，是个谁也拿他没办法的家伙。我躺着没动，大声答应着：

"声音装得挺可怜，没用。你是想借钱吧？"

"不，不是钱的事。是有个女的想见见我的朋友……"

这声音绝不是K，而且好像有人在惦记着我。我心砰砰直跳，一下子就跳起来去开雨窗。实际上这个院子挨着檐廊，被围成了一座大池塘。那儿别说K了，连一个人影也没有。

我朝映着月亮的池塘张望了一会儿，发现池塘里有海草在流动，大概是海潮倒灌带进来的。这时，我看见眼前粼粼发光的波浪。波浪涌向我的脚下，我渐渐变成一条鲫鱼，在清澈的水里悠然地摆动着尾鳍。

"噢，原来是鲫鱼在喊我呢。"

我这么想着，放下心来……

等我醒来，淡淡的夕阳从檐下遮阳的苇帘射

了进来。我拿起洗脸盆走出院子，到后边的井边洗脸。可是洗完脸以后，刚才的梦仍然挥之不去，我依旧记得清清楚楚。"原来梦里的那条鲫鱼就是潜意识中的我呀。"——我多少有点儿醒悟了。

二

差不多过了一个小时，我们头上缠着手巾，穿着租来的游泳帽和木屐，走到大约五十米外的海边去游泳。我们走出院子，木屐发出呱嗒呱嗒的声音，院子里有一条路直通向海边。

"能游吗？"

"今天可能有点儿冷。"

我们躲开筛草茂密的地方（要是不小心走进沾满露水的筛草丛，腿肚子会痒得受不了），边走边聊着。今天的温度对于下海肯定是低了点儿，但是我们对千叶的海——对即将逝去的夏天还有眷恋之情。

昨天去的时候还有七八个男女在试着冲浪，可是今天不但没有人影，就连指示游泳区的红旗也没插。广阔的海滩上，只有滚滚的浪。用苇帘围成的更衣室——那儿只有一只黄狗在追逐一群细小的羽虱。而且就连这只狗看到我们后，也跑到对面去了。

我脱掉木屐，但不敢下去游。不过M不知什么时候已经把浴衣和眼镜搁在更衣室，一边把手巾盖在游泳帽上，一边啪嗒啪嗒地走进浅滩。

"嗨，真要下去？"

"来都来了。"

M站在没膝的海水里稍稍弯着腰，转过晒得黑黑的脸看着我。

"你也来吧。"

"我不想下。"

"嘿！要是'嫣然'来了，你就会下来了吧？"

"胡说八道。"

"嫣然"是我们在这儿认识的一个十五六岁的中学生，也不是什么特别帅的美少年，不过倒是像小树一样水灵。大概是十天前的一个下午，我们从海里上来，一下子就倒在温热的沙子上。他正好也被潮水打湿全身，拉着一块木板过来，发现我们倒在他的脚下，忽然露出洁白的牙齿笑了。当他走过去以后，M 就对我略微苦笑一下：

"那家伙，嫣然一笑啊。"打那以后，他在我们之间就得了个"嫣然"的名号。

"那你怎么不下来？"

"反正不想。"

"你这个利己主义的家伙。"

M 把海水往身上淋了又淋，然后就往那边浅海游去。我没理会 M，到离更衣室不远的小沙包上去了。我把租的木屐垫在屁股底下，打算抽上一支敷岛牌香烟。可是在强劲的海风里，火柴怎么也点不着香烟。

"喂——"

不知什么时候，M 回来了，站在对面的浅滩上朝我喊着什么。但在不绝于耳的浪涛声里，我听不清他的喊声。

"怎么回事？"

我还在这么问的时候，M 已经披着浴衣在我身边坐下了。

"让海蜇给蜇了。"

这几天海里的海蜇似乎突然多了起来。其实前天早上，我的左肩膀到胳膊处也被蜇出像针扎的痕迹。

"蜇了哪儿？"

"脖子周围。我一觉得被蜇了就往周围看，有好几只在水里游着呢。"

"所以我才没下去呀。"

"你吹牛吧 —— 不过这回海水浴算是结束了。"

抬眼望去，除了被捞上来的海草外，海滩在太阳底下亮晃晃的一片，只有云影不时匆匆晃过。我们叼着敷岛牌香烟沉默了一会儿，只是眺望着冲向岸边的海浪。

"你决定去当老师了？"

M 突然问了这么一句。

"还没决定。你呢？"

"我？我……"

M 刚要说什么，我们突然被一阵笑声和脚步声吓了一跳。原来是两个和我们年龄相仿、穿着游泳衣、带着游泳帽的女孩子。她们旁若无人地从我们身边走过，一直朝海滩走去。我们看着她们的背影——一个穿着大红游泳衣，另一个穿着虎皮一样黑黄相间的游泳衣。我们目送着她们轻快的背影，一齐微笑起来。

"她们也还没回去呢。"

M 的声音里，玩笑中多少又带着感慨。

"怎么，再下去一次？"

"那家伙要是一个人来的话就好了，可是又跟着一个'金盖基'……"

我们就像前几天给"嫣然"取外号一样，给她们中的一个——穿黑黄相间游泳衣的那个女孩子，取了个外号叫"金盖基"。之所以管她叫"金盖基"，是因为她相貌（gesicht）肉感（sinnlich）。我们两人对那个女孩子都没有好感，对另一个——M 对另一个较有兴趣。他还只顾自己打算："你就要'金盖基'吧，我要那个。"

"那你就为了她们再下一次嘛。"

"哼，你让我发扬牺牲精神？——可是那家伙已经觉察到我们在看她们呢。"

"觉察到不是更好吗？"

"不干，反正我有点儿不高兴。"

她们手拉着手，已经走到了海滩。海浪在她们的脚下不断掀起水花，她们好像害怕海水冲上来似的，海水每次冲过来都会跳起来。她们在残暑里这么嬉戏，色彩鲜艳得让人觉得和静寂的海边有点儿不协调。她们的颜色似乎不像人的颜色，更近乎蝴蝶的美丽色彩。我们听着她们被海风送来的笑声，又看了一会儿她们渐渐远离海滩的身影。

"倒挺勇敢的。"

"还站着呢。"

"哎，已经……不错，是还站着呢。"

她们终于撒开手，分头往海里游去。她们中

那个穿大红游泳衣的女孩子游得特别快。她一边游一边大声喊着什么，招呼还站在没过乳房的海水里的另一个人，大大的游泳帽下的脸露出活泼的笑容。

"碰到海蜇了吧？"

"没准儿是海蜇。"

可是她们还在一前一后接着往前游。

渐渐地，只能看见两个女孩子的游泳帽了，这时我们才慢慢从沙地上站起来，没再说什么（肯定也是因为肚子饿了），慢慢地朝旅馆走去。

三

太阳落山的时候，气温已经像秋天一样低。吃过晚饭，我们和回到这个镇上的朋友 H，还有镇上旅馆的少东家 N 一起又到海边去了。我们四人并不是要一起散步——H 要到 S 村的伯父家去，而 N 也要到那个村去找鸟笼店定做鸟笼，于是我们就一起出了门。

沿着海岸往 S 村走的路上要转过一座高高的沙山，正好和海水浴场区是相反方向，大海当然就被挡在了沙山的后边，海浪的声音也仅隐隐可闻。只有稀稀拉拉的黑草穗，被海风吹得不停摇曳。

"这儿的草不是筛草吧？ ——N 先生，这叫什么？"

我揪了一把脚下的草，递给只穿了一件麻布衣服的 N。

"这个？不是蓼。 ——可是叫什么？ H 先生知道吧？他和我们不是一个地方的人。"

我们也听说过 H 是从东京到这儿当了上门女婿，还听说他的这位作为看家闺女的太太去年夏天有了相好，与人私奔了。

"有关鱼的事他也比我知道的多。"

"真的？ H 先生这么有学问？我还以为他懂的大概也只有剑术。"

H 虽然被 M 这么捧着，但是他仍然拖着断弓做的拐棍，只是微笑着。

"M 先生，你会什么？"

"我？我只会游泳。"

N 点上烟，讲起东京一个炒股票的去年游泳被鲱鱼咬了的事。那个炒股票的不管谁说什么，总是坚持没有鲱鱼咬人的道理，肯定是海蛇。

"真有什么海蛇吗？"

能答上这个问题的只有一个人，就是头戴游泳帽、个子高高的 H 先生。

"海蛇？这儿的海里还真有海蛇。"

"现在也有？"

"什么呀，很少有。"

我们四个人都笑了起来。这时有两个捞螺蛳的提着鱼篮走了过来，两人都扎着红兜裆布，长得健壮魁梧。不过，看着他们两个浑身被海水泡得湿漉漉的样子，又觉得他们不但可怜，更是寒酸。N 先生和他们对面走过的时候，回应他们的招呼，接着说了一句："去洗个澡吧。"

"这样的营生可真受不了。"

我觉得我自己没准儿会去捞螺蛳。

"就是，的确受不了。不但要游到海里，还要反复潜到海底去呢。"

"这还不算，要是被船卷到深水区的话，十有八九活不成。"

H晃了晃手里断弓做的拐棍，聊起深水区。大的深水区从海滩算起，有一里半那么大，一直连接到洋面——聊着聊着这些事也聊出来了。

"嘿，H先生，那是什么时候的事来着？传说捞螺蛳的人的幽灵出现的时候。"

"那是去年——不，是前年秋天。"

"真的出来了吗？"

H还没答M的问话就先笑出来了。

"幽灵是没有。不过传说出现幽灵的那个臭烘烘的石崖下边有个墓地，那些捞螺蛳的死尸上爬满了虾。所以即使最初谁也不相信有幽灵，还是觉得怪怕人的。可是有一回，一个当过海军士官的人晚上到那个墓地守着，还真的看见了'幽灵'。他把幽灵抓住一看，发现并不是什么幽灵，原来是一个捞螺蛳的过去的相好，是这个镇上私娼馆的女人。那个前士官一时间又是点火，又是喊人的，闹得翻天覆地。"

"这么说，那个女的并不是要吓唬大家。"

"就是，她只是每晚十二点左右到捞螺蛳相好的墓前站着，什么也没干。"

N 的故事的确是最适合在这个海边讲的喜剧。但是听了这个故事没有一个人笑，不知为什么每个人只是默不作声地走着。

"好了，就从这儿往回走吧。"

M 这么说的时候，我们不知不觉已经走在了风平浪静、没有人影的海边了。周围大片的沙地很干净，隐约可以看到鸟的脚印。一眼望去，海水在岸边形成巨大的弧形，留下一道痕迹。天色渐晚，海面上变得黑黝黝的。

"那么就此别过吧。"

"再见。"

跟 H 和 N 分手后，我们也不着急，又回到冷飕飕的海边。除了海浪涌来时的喧嚣外，耳边还时时传来清澈的虫鸣，这至少是三里外松林里传来的蝉鸣。

"嗨，M！"

不知不觉，我已经落后 M 五六步了。

"什么？"

"我们也回东京吧？"

"嗯，回去也好。"

说着 M 嘴里吹起了《蒂珀雷里在远方》旋律的口哨。

大正十四年（1925）八月七日

（宋再新　译）

尼
提

　　舍卫城[1]是个人口众多的城市。人口那么多，城市的面积却不算大，所以厕所也不多，为此城里人大多要特地到城外去大小便。只有婆罗门和刹帝利阶层使用便器，可以免受劳顿之苦。但这个便器里的粪尿无论如何是要处理的，处理这些粪尿的人被叫作除粪人。

　　头发已经开始发黄的尼提就是除粪人中的一员，也是舍卫城里最穷、离心身洁净最远的人中的一个。

　　一天下午，尼提一如往常，把各家的粪尿收集到一个大瓦罐里，然后背着它走在各种店铺林立、狭窄拥挤的街道上。这时从对面走来一个托

1　古印度城市，释迦牟尼曾在该地传法二十五年。

钵和尚。尼提一看这个和尚，就觉得自己今天碰到一个不得了的人。这个和尚看上去和其他人没有什么两样，但从他眉间的白毫和蓝绿色的眼睛可以看出，他肯定是祇园精舍的释迦如来。

释迦如来是三界六道的教主、十方最胜、光明无碍、引导亿亿众生平等的能化[1]。但这一切不是尼提所能懂的，他只知道连这个舍卫国的波斯匿王[2]在释迦面前都要称臣礼拜，以及颇有名声的给孤独长者[3]为了造祇园精舍，购买祇陀童子[4]的园苑时，在地上铺满了黄金这些事。尼提在如来前背负粪器而感到羞愧。他怕万一在如来前失礼，就仓皇拐到其他路走了。

可是如来在这之前已经看到尼提了，而且也看出了尼提拐到其他路上去的动机。当然他的动机让如来不由得在脸上浮起了微笑。微笑？——不，并不见得是微笑。如来面对无智愚昧的众生

1 能教化者，即释迦。
2 舍卫国梵授王之子，与释迦同日生。
3 波斯匿王主藏吏须达的别称，意为怜悯施予孤独的人。
4 波斯匿王的太子。

有其深如海的怜悯之情，他那蓝绿色的眼睛里甚至还溢出一滴泪水。动了如此慈悲心的如来忽生一念，决心运用平生法力，要把这个上了年纪的除粪人也渡为自己的弟子。

尼提拐进的路还是像刚才一样狭窄。他回头看如来没跟来，这才放下心来。如来是摩迦陀国的王子，如来的弟子也大都是身份很高的人，罪孽深重的他必须避免妄近。不过今天幸好没让如来看破，没惹出事来——尼提松了口气停下脚步。然而如来不知何时又站到了他的面前，面带微笑，安详地朝他走来。

尼提也不怕粪器沉重，再一次拐到别的路上。不可思议的是，如来又站在他的面前。不过，如来是要尽快赶回祇园精舍才走的近路也未可知。这回尼提又在转眼间绕过了如来的金身，这对于他也是一种幸福了。尼提正这么想着，看到如来又从对面朝他走来，这让他大吃一惊。

第三次，如来又悠然地走在尼提拐过去的路上。

第四次，如来像狮子王一样在尼提拐进的路上走着。

第五次在尼提拐进的路上也是——尼提在狭窄的路上拐了七次弯，可是七次都遇到如来从前面走来。特别是第七次，尼提拐进了再也逃不了的死胡同。如来看着他那狼狈的样子，站在路中央，缓缓招手让他过去。如来举手，"其手指纤长，甲如赤铜，掌似莲花"，其意为"不要怕"。但是尼提愈加惊恐，最后瓦罐都掉在了地上。

"实在是对不起，请让我过去行吗？"

进退失据的尼提跪在粪尿里向如来哀求着。可是如来脸上仍然挂着威严的微笑，静静地俯视着尼提的脸。

"尼提啊，你不想像我一样出家吗？"

听到如来的雷音召唤，尼提实在无以应对，只好合掌抬头看着如来：

"我是个下贱的人，无论如何也不能和您的弟子共处一室。"

"不，佛法不分贵贱，就像猛火会烧掉大小美恶一样……"

然后——然后如来就说出了像经文上那样的偈语。

大约半个月后，到祇园精舍参拜的给孤独长者在长满竹子和芭蕉的路上碰到了尼提。虽然他的装束已经成了佛门弟子的模样，但仍然和除粪人没什么区别，不过他的头发已经都剃掉了。尼提看到长者到来，便躲在路旁合掌。

"尼提呀，你是个幸福的人。一旦成为如来的弟子，你就永久地超越生死，得游于常寂光土了。"

尼提听了长者这番话，愈加感动地说：

"长者啊，这并不是因为我这个人坏，只是不管我拐进哪条路，肯定都能遇到如来。"

不过据经文记载，尼提专心听法以后，终于修得初果。

大正十四年（1925）八月十三日

（宋再新　译）

死后

我有个习惯，躺下以后要是不看点儿什么书就睡不着。另外，不管看多少还是睡不着的时候也不少，所以我的枕头旁总是摆着读书用的台灯和安眠药。那天晚上我也和平时一样，把两三本书拿进蚊帐，打开枕边的台灯。

"几点了？"

旁边已经睡了一觉的妻子问道。她把胳膊给吃奶的孩子枕着，侧过身看着我。

"三点了。"

"都三点啦？我还以为才一点呢。"

我随便答应着，不想和她聊下去。

"讨厌，讨厌！闭上嘴，睡你的觉。"

妻子学着我说话，嗤嗤地小声笑了。不一会

儿，妻子把鼻子贴在孩子的脸上，不知不觉又静静地睡着了。

我仍然侧对着她，看着《说教因缘除睡钞》。这是享保年间（1716—1736）的和尚搜集了和汉、天竺故事的一部八卷随笔集。可是里面不用说好笑的故事了，就是怪异的故事也很少。我看着君臣、父子、夫妇等五伦部的故事，渐渐有了睡意。于是我关了灯，立刻进入梦乡……

梦里的我和 S 一起走在酷热难当的街上，铺了沙子的街道只有两三米宽，而且每家每户都搭着一样的黄褐色遮阳棚。

"没想到你死了。"

S 摇着扇子，对我这么说。他大概觉得我可怜，但又不愿意露骨地表示出可怜我的意思。

"本来你看上去好像能长寿的。"

"真的？"

"大伙都这么说。这个 —— 你比我小五岁吧？"我看 S 在扳手指头，"三十四？ 三十四就死了……"他一下子不说话了。

我对自己死了倒不觉得特别遗憾，可是不知为什么，在 S 面前我还是感到有点儿不好意思。

"你的工作才开始吧？"

S 又试探着问。

"嗯，一个长篇才写了一点儿。"

"你太太呢？"

"她活得挺好。孩子最近也没生病。"

"这就比什么都好。像我们这样的人也不知道什么时候会死啊……"

我看了看 S 的脸。他还在为我已经死了，而他自己却还活着高兴呢——我清楚地觉察到了这一点。一瞬间，S 似乎感觉到了我的不快，表情怪怪的，不说话了。

谁也没说话。走了一会儿，S 用扇子挡着太阳，在一家挺大的罐头店前站住了。

"那么我就失陪了。"

光线略暗的罐头店里摆着几盆白菊花。我打量了一下这家店，不知为何突然觉得，S 的家就是青木堂[1]的分店。”

“你现在和令尊住在一块儿吗？”

“啊，前些时候开始的……”

“好吧，再会。”

我和S分手后，马上拐过前边那条横街。那条横街街角上的橱窗里摆着一台风琴，侧板被拆了下来，可以看到里边的构造，里边立着几只青竹筒。我看到这个，不禁想到：“原来青竹筒也行啊。”然后，不知不觉间，我走到了自己家门口。

破旧的小门和黑墙同平时没什么区别，门上方长了叶的樱花树也和昨天见到的一模一样。可是，门口的新名牌上写的是“栉部寓”。我看到这块名牌时，才感觉到自己确实是死了。但是我走进大门，甚至从玄关走进屋里，都没觉得有什么不道德的。

妻子坐在饭厅的窗边，正在用竹皮做孩子玩的铠甲，身边全是干竹皮。她膝盖上的铠甲还只

1 当时东京大学门口的洋酒店。

有身子部分和一片腰下的围甲。

我一坐下就问："孩子呢？"

"昨天和婶婶、奶奶一起到鹄沼去了。"

"孩子爷爷呢？"

"爷爷大概去银行了吧。"

"那现在谁也不在呀？"

"嗯，只有我和小静。"

妻子头也没抬，用针缝着竹皮。

不过我马上就发现妻子说的是假话，有点儿不高兴：

"可是名牌不都换成'栂部寓'了吗？"

妻子抬头看着我，好像吓了一跳，眼睛里也是挨骂时无可奈何的表情。

"他出去了，是吧？"

"是。"

"那么，还是有他，对吧？"

"是。"

妻子无话可说了，只是一个劲儿地摆弄着竹皮铠甲。

"其实有他也没什么，反正我也死了……"

我像要自己说服自己一样接着说：

"何况你也还年轻，这些事我也不说什么，只要那个人老老实实的就行……"

妻子又抬头看了看我。我看着她的脸，感觉到一切都不能挽回了，同时也感到我的脸上渐渐没了血色。

"那个人不怎么样吗？"

"我倒不觉得他是个坏人……"

不过我明白了，她本来对那个栉部就不怎么佩服。那为什么和那么个东西结婚呢？就算这一点可以原谅，但她还不说他的坏处而只说好的——对这一点我没法不从心里生气。

"他是能让孩子喊爸爸的人吗？"

"你怎么问这个……"

"不行，不管你怎么辩解都不行。"

妻子还没等我开始骂就把头垂到了胸口，吓得肩膀直抖。

"看你有多笨！你这样让我能死得安心吗？"

我觉得控制不住自己了，头也没回就进了书房。一看书房的门上有一根消防钩，消防钩的杆子上涂着黑朱相间的颜色。有谁动过它——我想起这事，于是不知不觉书房和其他的全没了，我发现自己正走在两边有枸橘篱笆的路上。

路上已渐带暮色，不知是小雨还是露水淋湿了铺在脚下的煤渣。我的气还没消，大踏步地走着。可是，不管怎么走，前面一直是无尽的枸橘篱笆。

我一下子醒了。妻子和吃奶的孩子好像仍然睡得很香，但是眼看天已经泛白，静寂中只听得远处不知什么地方有蝉在树上叫着。我听着蝉鸣，担心没睡好明天（实际已经是今天）头疼，想立刻就睡着。谁知不仅睡不着，反而清清楚楚地记起刚才的梦来了。梦里妻子真成了可怜的冤大头，至于 S，也许实际上他就是那个样子。我——对于妻子来说，我成了可怕的利己主义者，特别是一想起现实的我和梦里的我是同一人格，我似乎成了更可怕的利己主义者。而且现实的我与梦里的我未必就不是一回事。为了再睡一会儿觉，也为了避免病态良心的进一步发现，我咽下零点五毫克的安眠药，昏昏入睡了……

大正十四年（1925）九月

（宋再新　译）

湖南的扇子

　　除了广东出生的孙逸仙，了不起的中国革命家——黄兴、蔡锷、宋教仁等人，都是在湖南出生的，这大概是受了曾国藩、张之洞的感化吧。要想证明这种感化的话，就一定得提到湖南人自身那种不服输的顽强劲儿。我到湖南旅行的时候，偶然遇到如下一件小事，就像小说似的。这件事也许表现出热情的湖南人的一面……

　　大正十年（1921）五月十六日下午四点左右，我所乘坐的沅江丸轮船靠上了长沙的趸船。

　　几分钟前我就在甲板上靠着船栏杆，眺望着渐渐靠近左舷的湖南省会。阴天下白墙和瓦屋顶重叠在高高的山前，长沙比想象的还要破烂。狭窄的码头附近，要是只看一些西洋式的新红砖房和垂柳的话，简直和东京的饭田河岸没什么两样。我对当时长江沿岸的一般城市都已有幻灭之感，所以料想长沙大概也一样，然而这座破烂的城市仍然让我有了失望的感觉。

沅江丸像服从命运一般渐渐接近趸船，同时也一点点地收窄蓝蓝的湘江水流。这时，一个衣服挺脏的中国人提着类似提篮的东西，突然在我的眼皮底下飞身跳到了趸船上。与其说是人的本事，还不如说是近乎蝗虫的功夫。就在一瞬间，一个手持扁担的人又隔着水漂亮地跳了过去。接着，两个、五个、八个——我眼底下的趸船眼看着被不断跳下去的无数中国人挤满了。这时，船不知不觉已经威武地耸立在西洋式的新红砖房和垂柳的前面了。

我终于离开了栏杆，去找和我一个公司的 B 先生。今天，在长沙待了六年的 B 先生应该来沅江丸接我的，可是我怎么也找不到一个像 B 先生的人。在舷梯上上下下的全是年轻的和老的中国人，他们相互推搡着，嘴里还在嚷嚷着什么。特别是一个老绅士，本来像要下舷梯，但又折了回来，殴打身后的一个苦力。这样的场面对沿长江溯流而上的我来说根本不是什么好看的热闹。但是，我也不会因为这看惯了的热闹而感谢长江。

我渐渐觉得不耐烦了，又来到栏杆旁，注视着人头攒动的码头附近。可是那儿别说是最重要的 B 先生了，就连一个日本人的影子也看不见。不过我在趸船的那一边——枝叶繁茂的垂柳下，发现了一个中国美人。她穿着天蓝色的夏装，胸前挂着一个奖牌似的东西，看上去就像一个小孩一样，可能就是因为这一点，我的眼睛才被她吸引住了。不过，她正仰头看着高高的甲板，涂了浓浓口红的嘴上浮现出微笑，好像和谁打手势似的，正用半开着的折扇遮着脸。……

"嘿，喊你呢！"

我吃了一惊，回过了头。不知什么时候，一个穿灰色大褂的中国人满脸堆笑，站在我身后。我一时弄不清楚这个中国人到底是谁。不过，我一下子从他的脸上——从脸上的眉毛上，想起了一个旧时的朋友。

"哎呀，是你？对了对了，你说过自己是湖南人。"

"嗯，我在这儿开业。"

谭永年是和我同年从第一高等学校升入东京大学，读医科的，是留学生里的才子。

"你今天是来接谁呀？"

"嗯，是谁呢？你以为是谁？"

"总不会是我吧？"

谭瘪了瘪嘴，扮出一副滑稽的笑脸：

"可是我就是来接你的。B 先生不巧得了疟疾。"

"那么是 B 先生托你来的？"

"他就是不托我，也准备来的。"

我想来，过去他就对人特好，在我们宿舍生活时从来没让人讨厌过。如果说他真的在我们之间多少有点不讨人喜欢的话，那也正如同寝室的菊池宽所说的，那正是由于他不曾给任何人留下恶感……

"给你添麻烦可是对不起了。说实话我连找住处的事也全拜托 B 先生了……"

"住处的事已经跟日本人俱乐部说好了，住一个月半个月的都不要紧。"

"一个月也行？别开玩笑了，只要让我住三个晚上就可以了。"

虽然谭不像是感到吃惊，但他的脸上顿时没了喜色。

"只住三个晚上？"

"不过，要是能看到砍土匪头或者其他什么好看的，那就……"

我一边回答着，一边内心猜想着长沙人谭永年会皱起眉头。可是他的脸上又恢复了笑容，一点儿也没介意地答应着：

"哎呀，你要是早来一个星期就好了。你看那儿不是有块空地吗？"

他指的是西洋式的新红砖房的前面——恰巧是枝叶繁茂的垂柳下，但是刚才的那个中国美人不知什么时候不见了。

"前几天在那儿一次就有五个人被砍了脑袋。你看，就是狗正在走的那里……"

"那太可惜了。"

"只有斩首在日本看不着。"

谭大声笑过后，表情一下子严肃起来，很自然地把话题一转：

"那么咱们就走吧，车在那儿等着呢。"

第三天，也就是十八号下午，我听从谭的热心推荐，去了湘江对面的岳麓山和爱晚亭。

我们坐的汽艇行驶在被当地日本人叫作"中之島"的三角洲的右边，在湘江上行驶了两个小时。突然放晴的五月天，两岸的风景十分亮丽，我们船右边的长沙的白墙和瓦房顶也明亮了起来，不像昨天那么阴郁了。而围着长长石墙的三角洲上生长着茂盛的柑橘林，到处都可以看到小巧玲珑的西式建筑。西式住房之间晾晒的衣服也分外鲜明，一切显得生机勃勃。

谭要指挥年轻水手开船，所以站在汽艇前头，可其实他并不指挥，而是不住地跟我聊天。

"那儿是日本领事馆——你用这个小望远镜看吧——它右边是日清汽船公司。"

我嘴里叼着雪茄，一只手搭在汽艇外。我的手指时时能触到湘江的水流，谭的话成了我耳边唯一连续的噪声。不过，按照他手的指示观看两岸的风景当然不会让我觉得不高兴。

"这个三角洲叫橘子洲……"

"啊，有老鹰叫。"

"老鹰？……嗯，这儿老鹰也不少。对了，张继尧和谭延闿打仗的时候，那时有好多张继尧部下的尸体都从上边冲下来了，有时一具尸首上站着两三只老鹰……"

谭刚开始说话时，另一艘和我们这艘相隔十来米的汽艇从后面赶了上来。那艘汽艇上除了一个穿中式衣服的青年外，还坐着两三个花枝招展的中国美人。比起那几个美人来，我对那艘汽艇滑过的浪花更感兴趣。但是谭的话说了一半，一看见那几个人就像遇到了仇人一样，慌慌张张地把小型望远镜递给了我。

"快看那个女的，就是坐在前头的那个。"

我越被人劝，就越不愿意照着办，这是我父亲遗传给我的犟脾气。不仅如此，那艘汽艇掀起的浪花冲刷着我们的汽艇，把我的袖口都打湿了。

"为什么？"

"哎呀，你就别问为什么了，快看那个女的。"

"漂亮吗？"

"对，漂亮，漂亮。"

不觉间他们的汽艇已经离开我们有十来米远了，我这时才转过身去，调节望远镜的焦距，一下子有了远去的汽艇又向后退过来似的错觉。在望远镜的圆框里，"那个女人"正侧着脸在听谁说话，还不时微笑着。她的脸略有点儿方，只是眼睛很大，除此之外也看不出有多漂亮。不过，她的刘海和薄薄的夏装随河风飘动，远远看上去还是挺好看的。

"看见了吗？"

"嗯，连睫毛都看清楚了。可是也不怎么漂亮啊。"

我又和脸上露出得意神色的谭脸对脸了。

"那个女人怎么啦？"

谭这时不像刚才那样喋喋不休了，慢腾腾地给香烟点上火，答非所问地问我：

"昨天我不是说了，趸船那边的空地上，五个土匪被砍头了吗？"

"嗯，我记着呢。"

"那一伙的头目叫黄六一，对了，那个家伙也被砍了。听说他能右手拿步枪，左手拿手枪，同时开枪打死两个人，是湖南有名的坏蛋……"

谭忽然讲起黄六一一生的恶迹来。他所讲的可能大多是从报纸上看来的，不过比起血腥味来，他讲的传闻更富于浪漫色彩。比如黄六一被那些走私的人称作黄老爷啦，他抢了一个湘潭商人的三千块钱啦，背着腿上中枪的副手樊阿七游过了芦林潭啦，还有他在岳州的一座山上用枪打倒了十二名当兵的什么的……谭简直像很崇拜黄六一似的，兴奋地讲个没完。

"你猜怎么着，那个家伙杀人越货，居然一共犯了一百一十七件案子。"

他在讲述过程中，常常加上这样的注释。对我来说，只要自己没什么损失，并不讨厌土匪。老是不得不听这种没有什么太大区别的传奇故事，却多少还是让人觉得没劲。

"可是那个女的是怎么回事？"

谭到这个时候才笑嘻嘻地开始讲，其回答和我内心猜测的几乎一样。

"那个女的就是黄六一的情妇啊。"

我没能像他期待的那样发出惊叹。不过要我叼着雪茄烟，做出无动于衷的样子也不容易。

"嗯，土匪也挺会玩儿的嘛。"

"哼，像他这样的还不算什么呢。清朝末年有个姓蔡的强盗，他一个月的收入不止一万块钱。那家伙在上海租界堂堂皇皇地买了洋房，不要说太太了，连小老婆都……"

"那个女的是妓女吗？"

"嗯，叫玉兰，是个妓女。黄六一还活着的时候，她可威风了……"

谭好像想起了什么，一下闭上了嘴，只是微微笑着。过了一会儿，他把烟一扔，认真地和我商量了起来：

"岳麓山有个学校，叫湘南工业学校，先去参观一下怎么样？"

"嗯，看看也行。"

我含含混混地答应着。这是因为，昨天到一所女学校参观，那里强烈的排日气氛让我感到不快。可是载着我们的汽艇却不理会我的心情，转个大弯绕过"中之岛"的鼻子，仍然欢快地在水上一直驶向岳麓山……

当天晚上，我和谭一起登上了一家妓院的楼梯。

我们去的二楼房间里，中间摆放的桌子就不用说了，连椅子、痰盂和衣柜都与上海、汉口妓院的几乎没什么两样。不过，这间屋子天花板靠窗的一个角落上，挂着一个铁丝编的鸟笼。笼子里养着两只松鼠，在里面的木棍上跳上跳下，一点儿动静都没有。鸟笼和窗子、门口挂着的红纱帘很少见，可是至少在我看来，这些都让人不舒服。

房间里迎接我们的是个稍胖的老鸨。谭一看见她，就开始滔滔不绝地说着什么，那个女人满脸堆笑，圆滑地应对着。可是他们说的话我一句也听不懂。（并不是因为我不懂中国话，可对于我这双只懂北京官话的耳朵，长沙官话实在难懂。）

谭和老鸨聊完后，和我相对坐在红木桌旁，开始在老鸨拿来的铅印的局票上写妓女的名字。张湘娥、王巧云、含芳、醉玉楼、爱媛媛——在我这个旅行者看来，都是些正适合中国小说主人公的名字。

"也叫上玉兰吧？"

本来想答应，不巧我正在抽老鸨给我点上的烟。谭隔着桌子看了看我的脸，就大大咧咧地接着写了。

这时，一个戴着金边眼镜、气色很好的圆脸妓女大大方方地走了进来。她穿了一件白色的夏装，手上好几粒钻石闪闪发光。她还具有像网球或游泳运动选手的身材。这样的女人的美丑、好坏倒还在其次，首先我痛切地发觉她这种集矛盾于一身的奇特之处。实际上她和这个房间，特别是和鸟笼里的松鼠一点儿不协调。

她以目示礼之后，蹦跳着走到了谭的身边，而且一坐到谭身边就把一只手放在了谭的膝盖上，娇滴滴地说起话来。谭也高兴地连声答应着"是了，是了"。

"她是这家的妓女，叫林大娇。"

我听着谭的介绍，忽然想起他是长沙为数不多的有钱人家的少爷。

又过了十分钟左右，我们还是相对而坐，开始吃晚饭。吃的是蘑菇啦，鸡啦，白菜之类的四川菜。除了林大娇，还有一大帮妓女围着我们。她们身后还有五六个戴着便帽的男人在拉胡琴。

妓女们坐在那里，时时被胡琴带动，尖声唱起来。这对我来说也并不是完全没意思，不过比起京剧《挡马》《汾河湾》来，我对在我左边的妓女更有兴趣。

坐在我左边的，就是前天在沅江丸上只瞟到一眼的那个中国美人。她天蓝色的夏装上还挂着那块奖牌。近看虽有些病弱，但让我感到意外的是，她并没有那种天真无邪的样子。我从旁看着她，忽然想起背阴地里长出的小球根来。

"喂，在你旁边坐的是……"

谭被老酒染红了的脸上露出开朗的微笑，隔着盛满虾的盘子，他突然对我说：

"那个就是含芳啊。"

我一看谭的脸，不知为什么已没了想和他讲前天之事的心情。

"她说话好听，发起 R 字音来就像法国人。"

"嗯，她是北京出生的嘛。"

我们的话题好像含芳也明白了。她和谭说话语速很快，目光不时朝我扫过来。可我这时还和刚才一样，像个哑巴，只好来回比较着两个人的脸色。

"她问你什么时候来的长沙，我回答说是前天。她说她前天也到码头去接人了。"

谭这样给我翻译完以后，又和含芳说起来了。含芳面带微笑，像小孩子一样说着"不干，不干"。

"嗯，不管怎样都不说。我在问她去接谁——"

突然林大娇手拿着香烟指指含芳，讥笑似的对含芳大声说着什么。含芳似乎吓了一跳，手猛地按住我的膝盖。可没过一会儿，她又微笑着马上回了一句。我当然对这场戏——或者是对隐藏在这场戏后相当深的敌意感到好奇。

"嗯，她说什么呢！"

"她说没去接谁，只不过是去接妈妈。这儿的什么先生？说是去接叫什么XXX的长沙唱戏的还是谁。"（不巧我刚好没把名字记在本子上。）

"妈妈？"

"说是妈妈，实际上不是亲母女，就是带着她呀玉兰呀的老鸨。"

打发完我的问题，谭借着一杯老酒的酒劲，忽然滔滔不绝起来。除了"这个，这个"之外，他说的我一个字也听不懂。不过，看妓女和老鸨都在热心地提问，可以知道他们是在说什么有趣的事。再从他们不时地看看我的神情来看，肯定多少和我有关。我叼着烟卷，装作若无其事的样子，但渐渐地开始沉不住气了。

"混蛋！说什么呢？"

"什么呀，我们在说今天去岳麓山的路上碰到玉兰的事。另外……"

谭舔舔上嘴唇，又接着解释，兴致比刚才还高。

"另外，你不是说过想看砍头吗？"

"什么呀，真没意思。"

我听着他的解释，不但对还没见面的玉兰，对她的伙伴含芳也没了同情的感觉。但是我看到含芳的脸时，理智上就觉得已经相当了解她的心情了。她抖动着耳环，在桌子底下把手绢系上，然后又再解开。

"那这个也没意思吗？"

谭从身后的老鸨手里接过一个小纸包，得意扬扬地打开。打开一层后，纸包里露出了一块点心大小，近乎巧克力颜色的干干的、怪怪的东西。

"那个，是什么东西？"

"这个？就是块饼干嘛——噢，刚才不是说到那个叫黄六一的土匪头子了吗？这是块泡了黄六一脑袋的血的饼干。这在日本可是看不着。"

"拿这个东西干什么呢？"

"拿来干什么？吃呗。这一带的人到现在还相信，要是吃了这个，可以免病消灾。"

谭兴高采烈地微笑着，和刚好在这个时候离开桌子的两三个妓女打招呼。不过，他一看见含芳站起身来，就几乎乞怜一般和含芳说笑着，最后甚至抬起一只手，从正面指着我，又说了些什么。含芳犹豫了一下，然后终于露出微笑，又在桌子前坐了下来。我觉得她可爱极了，于是避开其他人的视线，悄悄捏了捏她的手。

"这样的迷信简直是国家的耻辱，我们医生从职业角度出发，都说烦了……"

"这只是因为有斩首的关系嘛。日本也有把脑子烤了吃的人。"

"不会吧？"

"什么不会呀，我都吃过，当然是小的时候了……"

就在我说话的工夫，我发现玉兰来了。她和老鸨站着说了一会儿话后，就在含芳的旁边坐下了。

谭一看到玉兰来了，就把我晾在了一边，开始向她献殷勤去了。玉兰比在外边的时候显得更漂亮些，至少她在笑的时候，牙齿像珐琅一样发亮，很好看。不过我一看到她的牙齿，就想起了松鼠。两只松鼠仍然在垂着红纱帘的玻璃窗边的鸟笼子里，敏捷地跳上跳下。

"嘿，你来一块怎么样？"

谭把饼干掰开给我看，饼干的断面也是黑的。

"别瞎说了。"

我当然摇头拒绝。谭大声笑过后，这回拿了一片，要让林大娇吃。林大娇皱了皱眉头，把他的手推回去了。他又和其他几个妓女开同样的玩笑，这样一来一去的，最后他还是把饼干递给坐着没动的脸上仍旧笑眯眯的玉兰。

我忽然有了去闻饼干香味的冲动。

"喂，拿给我看看。"

"嗯，这儿还有半块。"

谭像左撇子一样把剩下的半块扔了过来，我从小盘子和筷子之间把那块饼干拿了起来。可是好容易拿了起来，却突然不想闻了。我没作声，把饼干丢在了桌子底下。

这时玉兰盯住谭的脸，交谈了两三句。她拿到饼干后，又朝围着她看的其他人很快地说了些什么。

"怎么样，要不要我给你翻译一下？"

谭的胳膊撑在桌子上，手支着脸，舌头不大利索地问我。

"嗯，你翻译吧。"

"那我就翻喽，我要逐字逐句地翻：我高兴地尝我所爱的、黄老爷的血……"

我感到我的身子在抖，这是因为按住我膝盖的含芳的手在发抖。

"请你们也像我一样，把你们所爱的人……"

玉兰在谭说话的时候，开始用漂亮的牙齿咬那块饼干……

我照原定计划住了三个晚上。五月十九日的下午五点左右，我和上次一样靠在沅江丸的甲板栏杆上。重叠着白墙和瓦房顶的长沙不知为什么让我感到恐怖，这大概是渐渐逼近的暮色的影响。我嘴上叼着雪茄，老是想起谭永年笑嘻嘻的脸。可是不知为什么，谭没来送我。

沅江丸离开长沙的时间不是七点就是七点半。我吃了饭，在昏暗的船舱电灯下，算出我在长沙的食宿费。我的眼前有一把折扇，搁在不足两尺、没有桌腿的桌子上，折扇上垂下了粉红色的流苏。这把扇子是我来以前，不知被谁忘在这儿的。我用铅笔写着字，不时又想起了谭的脸。他到底为什么要折磨玉兰，我也不清楚。不过我的食宿费我现在还没忘，换算成日元的话，正好十二元五角。

大正十四年（1925）十二月

（宋再新　译）

三个疑问

一　为什么浮士德遇到了恶魔

浮士德曾经侍奉神，所以对于他来说苹果永远都是"智慧之果"。他每次看到苹果就想起地上的乐园，想起亚当和夏娃。

可是在一个雪霁的午后，浮士德看着苹果，想起了一幅油画。那是某处大寺院里的、色彩鲜亮的油画。自此，苹果不仅是从前的"智慧之果"，还变成了近代的"静物"。

可能是出于虔敬的心情吧，浮士德从没吃过苹果。但是在一个风雨交加的夜晚，他忽然觉得肚子饿了，就烤了一个苹果吃。自此以后，苹果又成了食物。由此，他每次看到苹果，就想起摩西十诚，就思考起油画颜料的色彩调和，就感觉到自己的胃在叫。

最后在一个微寒的早晨，浮士德看着苹果，突然发现，对于商人来说，苹果又是商品。实际上，只要卖掉十二个苹果，就能得到一块银币。苹果于是从那时候起，又变成了金钱。

在一个阴沉沉的午后，浮士德一个人在昏暗的书房里思考着苹果。所谓苹果到底是什么呢？这对于他可不是像过去那样能够轻松解决的问题。他对着桌子，不知不觉把这个问题说了出来：

"苹果到底是什么呢？"

话刚说完，一只身体细长的黑狗不知从什么地方钻进了书房。只见黑狗把身子一抖，忽然变成一个骑士，并且有礼貌地对浮士德行了个礼……

为什么浮士德遇到了恶魔？答案就是前面写的这些。可是遇到恶魔并不在浮士德悲剧的第五幕。在一个非常寒冷的傍晚，浮士德和变成骑士的恶魔一起，一边讨论苹果的问题，一边在有很多行人的街上散步。这时，他们看见一个身材细长的孩子满脸泪水，正拉着贫穷的母亲的手。

"给我买那个苹果嘛！"

恶魔停下脚步，手指着孩子给浮士德看：

"你看那个苹果，就是拷打的刑具。"

这时，浮士德的悲剧才终于拉开了第五幕的大幕。

二　为什么所罗门王[1]只见过一次示巴女王[2]

所罗门王在一生里只见过一次示巴女王，这并不是因为她住在遥远的国度。塔尔史士和希兰的船每隔三年便会把金银、象牙、猴子和孔雀运过来。但是，所罗门王使者的骆驼没去过一次包围耶路撒冷的示巴国的丘陵和沙漠。

1　所罗门王（Solomon，约前970—前931），以色列第三代国王。

2　见《圣经·旧约·列王纪》。

所罗门王今天也是一个人坐在宫殿里，内心很孤独。摩阿布人、阿孟人、伊多姆人、西顿人、赫梯人妃子都不能抚慰他的心。他在想着一生里只见过一次的示巴女王。

示巴女王并不漂亮，岁数比所罗门王还大，但她是个少有的才女。所罗门王在和她的问答中可以感到自己心灵的飞跃，那是一种和魔术师、占星师谈论秘密的时候得不到的喜悦。他想和那个威严的示巴女王谈两次、三次或一辈子。

但他同时又怕示巴女王。这是因为他和那个女人见面的时候会失去自己的智慧，至少是因为他分不清自己自豪的东西，到底是自己的智慧还是那个女人的了。所罗门王拥有来自摩阿布、阿孟、伊多姆、西顿、赫梯的妃子，但她们仅仅是他的精神奴隶。所罗门王在爱抚她们的同时，也在暗暗地蔑视她们。可是只有示巴女王，有时反而会把他当作她的奴隶。

所罗门王确实害怕自己成为她的奴隶，但另一方面他确实又很高兴。这种矛盾总是给他带来不可名状的痛苦。他在铸有金狮子的巨大象牙玉座上深深地叹了好几口气，有时不知不觉就咏出一首抒情诗。

> 我的良人在男子中，
> 如同苹果树在树林中。
> ……
> 以爱为旗在我以上。
> 求你们给我葡萄干增补我力；
> 给我苹果畅快我心，
> 因我思爱成病。[1]

一天黄昏，所罗门王在宫殿的阳台上眺望着遥远的西方。在这里根本看不见示巴女王居住的遥远国度，但这样会给他心灵上的安慰，不过也会给他的心里带来悲伤。

这时，夕阳中突然出现一只谁都没见过的野

---

1 见《圣经·旧约·雅歌》第二章。

兽。野兽像狮子，有翅膀，长了两个头，其中一个头是示巴女王的，另一个头是他自己的。两个头相互咬着，还不可思议地流着眼泪。幻象飘了一会儿，随着大风吹过的声音，又消失在空中。此后，只剩闪闪发光、如同银锁链般的云彩斜挂在空中。

幻象消失后，所罗门王还一直伫立在阳台上。幻象的意思很明显，但除所罗门王之外谁都不懂。

耶路撒冷的夜深了，年轻的所罗门王和众多妃子、侍从一起喝着葡萄酒，他用的杯盘都是纯金打造的。可是所罗门王没有心情像平时那样说笑，他只感到从未体验过的、令人喘不过气的感慨之情。

> 勿咎藏红花之红，
> 勿咎桂枝之香，
> 然而我悲伤。
> 藏红花过于红，

桂枝又太香。

所罗门王这样唱着，一边弹着巨大的竖琴，一边不住地流着眼泪。他的歌充满了和他不符的激情。妃子和侍从面面相觑，可是没有谁去问所罗门王歌里的意思。所罗门王终于唱完，垂下戴着王冠的头，一时紧闭双眼，然后突然抬起笑脸，又和妃子和侍从像平时一样聊了起来。

塔尔史士和希兰的船每隔三年便会把金银、象牙、猴子和孔雀运过来。但是，所罗门王使者的骆驼一次都没去过包围耶路撒冷的示巴国的丘陵和沙漠。

大正十五年（1926）四月十二日

三　鲁滨孙为什么喂猴子？

鲁滨孙为什么喂猴子？我知道得太清楚了，是因为他想亲眼看到自己的讽刺画。裤子破破烂烂的鲁滨孙拿着枪、抱着膝盖，目不转睛地看着猴子，脸上露出了可怕的微笑。他绷紧铅色的脸，忧郁地看着抬头看天的猴子。

大正十五年（1926）七月十五日

（宋再新　译）

点
鬼
簿

一

　　我的母亲是个疯子。我在母亲那里，从没感受过母爱的温情。母亲在位于芝的娘家总一个人坐着，用梳子盘起头发，用长烟袋吧嗒吧嗒地抽烟。她的脸小，身子也小，而且那张脸不知什么原因总是灰的，毫无生气。我看《西厢记》有一回，读到"土气息、泥滋味"这句话，忽然想起母亲的面庞，想起她那瘦削的侧影。

　　我从来没得到过母亲的照顾。记得有一次，我和养母一起特意上二楼去问候，她却出乎意料地用长烟管敲我脑袋。不过总的来说，我母亲是个很安静的疯子。我和姐姐缠着母亲给我们画画的时候，她也会用四开的毛边纸给我们画。画上不只用墨，还会用姐姐的水彩，给玩耍的小孩的衣服、草木、花什么的涂上颜色。不过，她画的人全长着狐狸脸。

母亲是在我十一岁那年的秋天死的。她死于衰弱，不全是因为病。她死前后的一些事我倒还记得相当清楚。

大概是因为收到病危的电报，在一个没有风的深夜，我和养母坐人力车，从本所赶到了芝。我到现在都没用过围巾，不过只有那天夜里，我围上了一条画着南画山水一类的薄丝巾。我还记得丝巾上"阿亚美"牌香水的味道。

母亲躺在二楼正下方十几平方米的大房间里。我和大我四岁的姐姐坐在母亲的枕边，两个人都哇哇地哭个不停。特别是有人在我身后说"临终"的时候，我觉得满心的悲伤一下子涌了上来。形同死人的妈妈突然睁开眼睛说了什么。尽管都处在伤心的情绪中，可我们还是忍不住小声笑了起来。

第二天晚上我又在妈妈枕边几乎坐到天亮。

可不知为什么，我再也没像昨晚那样流眼泪。在哭声不止的姐姐面前我觉得不好意思，就拼命装哭。同时我也相信，既然我没哭，母亲也就必定不会死。

到了第三天晚上，母亲几乎没有痛苦地死去了。死前看上去好像回光返照，看着我们不住扑簌簌地流泪，但依旧和平时一样，什么也没说。

母亲入殓之后，我时时会禁不住哭起来。这时一个被叫作"王子的婶婶"的远亲老太太说："真让我感动啊。"可是我却觉得她是个对怪事感动的人。

出殡那天，姐姐捧着母亲的牌位，我在后边抱着香炉，两人一起上了人力车。我在车上不停打瞌睡，蓦然一惊睁开眼，险些失手把香炉给摔了，但是离谷中总是还有一段距离。秋日晴和的天空下，长长的送葬队伍缓缓穿过东京市内。

母亲的忌日是十一月二十八日，戒名是归命院妙乘日进大姐，但我却不记得父亲的忌日和戒名。这大概是十一岁的我能记住忌日和戒名倍感自豪的缘故吧。

二

我有一个姐姐，虽然体弱多病，却已经是两个孩子的母亲了。我想写进《点鬼簿》里的，当然不是这个姐姐，而是刚好在我出生之前突然夭折的那个姐姐。在我们三姐弟当中，那个姐姐最聪明了。

那个姐姐叫初子，大概是生为长女之故吧。到现在我家的佛坛上还有一张她的照片，镶在小小的镜框里，看起来一点儿也不孱弱，长着小酒窝的脸颊就像熟透的杏子一样，圆圆的……

最受父母宠爱的当然是初儿了。初儿还被特地从芝的新钱座送到筑地的圣玛兹幼儿园上学。不过，星期六日两天一定要回我母亲的家——本所的芥川家住。初儿外出的时候，大概会穿在明治二十年左右还很时髦的洋服吧。我上小学的时候，要了几块当初给初儿做和服剩的布头，给橡胶娃娃做衣服穿，那些布头像商量好了似的，都是带着小碎花和乐器图案的外国细布。

初春的一个星期天下午，初儿在院子里走着，问坐在屋子里的大姨（我想当时姐姐准是穿着洋装）：

"大姨，这叫什么树？"

"哪棵树？"

"有花骨朵的这棵。"

母亲娘家院子里有棵矮木瓜树，树枝向一口老井垂下去。梳着小辫的初儿准是睁着大大的眼睛，在看那棵枝干虬结怒突的木瓜树吧？

"那棵树的名字和你的一样啊。"

可惜初儿不懂大姨的俏皮话。

"噢，是叫傻瓜树啊。"

即使是到了今天，大姨只要提起初儿，肯定要重复这段对话。实际上，除此之外，初儿没再留下别的记忆。后来没过几天，初儿就躺在棺材里了。我已经不记得初儿刻在小牌位上的戒名，但是很奇怪，却清楚地记得她的忌日是四月五日。

为什么我对这个姐姐——这个根本没见过面的姐姐有亲近感呢？如果初儿现在还活着的话，

也该有四十多了吧？年过四十的初儿，容貌或许与在芝的娘家二楼茫然抽烟的母亲很像吧。我常常感到有个四十岁女人的幻影，说不清是母亲还是姐姐，在守护着我的一生。这难道是我已倦于咖啡和香烟的神经在作祟？抑或是借某种机缘在现实社会显现出来的超自然现象？

三

因为母亲发疯，我一出生就来到了养父母家（就是我舅舅家），所以我对父亲没感情。父亲开牛奶店，似乎是个小小的成功人士。给我买当时的时新水果和饮料的，一直是我父亲。香蕉、冰激凌、菠萝、朗姆酒——除了这些之外，也许还有其他的。我还记得当时在新宿牧场外的橡树树荫下喝朗姆酒的事。朗姆酒是酒精含量非常低的橙黄颜色的饮料。

父亲在我很小的时候给我买这些东西，是想

把我从养父母那里领回去。记得有一天晚上，在大森的鱼荣商店里，他一边给我吃冰激凌，一边露骨地劝我逃回家来。说这话时的父亲，真是巧言令色之极。但可惜的是，他的劝说没有一次奏效，这是因为我爱养父母……特别是养母。

我父亲性子又特别急，不管是跟谁，动不动就吵架。上初三的时候，我和父亲玩相扑，我用擅长的右外摔把父亲漂亮地摔倒了。父亲一爬起来就喊"再来一回"，还直朝我扑来，我又轻而易举把他摔倒。我父亲第三次说"再来一回"时，脸色都变了，一下子就扑了过来。在一旁观看的小姨——就是我母亲的妹妹，我父亲的续弦，看我们这么相扑，便向我使了两三回眼神。我和父亲扭打到一块儿的时候，我故意仰面朝天倒了下去。当时要是不输给他的话，父亲肯定还会抓住我不放的。

我二十八岁那年，还在当教师的时候，一天收到"父病住院"的电报，于是慌忙从镰仓赶回东京。父亲因为得了流行性感冒住进东京医院，我和养父家的大姨，还有自己家的小姨，在病房的角落里陪住了差不多三天。这几天里，我渐渐感到有点儿无聊，恰好这时，和我关系颇笃的一个爱尔兰记者打电话来，约我在筑地见个面，吃顿便饭。我便借口那个记者近期要去美国，把垂死的父亲丢下不管，去筑地赴约了。

我们和四五个艺妓一起愉快地吃了日本料理。吃到晚上十点钟，我把记者留在那里，自己下了窄窄的楼梯。这时，忽然有人在我身后喊："芥川先生！"我在楼梯中间停住脚步回过头来，只见刚才在一起的一个艺妓在上面低头直盯着我。我没说话就下了楼梯，坐进了门外的出租汽车，出租车马上开动了。但是，我没想着父亲，倒在想着那个梳着西式发型的女孩子水滑柔嫩的面庞，特别是她那双眼睛。

回到医院的时候，父亲等我已经等急了。他还让人全退到屏风后，握住我的手抚摸着，讲起我不知道的往事——当年和我母亲结婚的事。什么和我母亲一起去买衣柜啦，去吃寿司啦，不过都是些琐碎的事。可是我在听这些事的时候不禁眼眶湿润了，父亲瘦削的脸上也流下了眼泪。

我父亲在第二天早晨没有太多痛苦地死去了。死前似乎脑筋混乱了，嘴里说着："那艘挂着旗的军舰来了，大家一起喊万岁。"我已记不得父亲的丧事是什么样的了，只记得父亲的遗体从医院往家里搬的时候，一轮春天的大月亮照在父亲的灵柩上。

四

今年三月中旬，我怀里揣着小暖炉，和妻子一起去扫墓。虽然距离上次扫墓已经时隔很久——小小的坟墓不用说，就是墓上伸出枝条的那棵红松也一点没变。加进《点鬼簿》的三个人都葬在谷中墓地的一角——他们的骨灰都葬在石塔婆[1]下。我想起了母亲的灵柩被静静地安放到

---

1 塔婆，为供养、追善立于坟茔处的塔形细长木牌或类似建筑物，上书梵文及经文。

墓穴时的事。初儿下葬时也是一样的吧。只是我父亲——我记得他细碎的骨灰里还混着他的金牙……

我并不喜欢扫墓。倘如能够忘却，我宁愿忘掉我的父母和姐姐。但是，也许只是因为那天我身体特别衰弱吧，在初春午后的阳光里，我注视着黑黢黢的石塔婆，心想：他们三个人里，到底谁是幸福的呢？

蜉蝣啊，也欲离去宿冢外。

实际上，我从没有像此时此刻这样，感到丈草[1]的心情向我逼迫而来。

大正十五年（1926）九月九日

（宋再新　译）

1　内藤丈草（1662—1704），江户时代俳人，松尾芭蕉的弟子，"蕉门十哲"之一。"蜉蝣"一句便出自丈草。

玄鶴山房

一

　　这幢房子造得小巧玲珑，大门也很雅致。当然，这样的房子在这一带并不稀罕。不过，从门口"玄鹤山房"的匾额，和越过围墙看到的院子里的树木就能知道，这家比哪家都要讲究。

　　这家的主人堀越玄鹤作为画家，还算小有名气。不过他能挣下产业，还是靠手里刻橡皮图章的专利，或者说是靠他获得专利以后搞起的地产买卖。实际上，他手里那块郊外的土地，原来好像连姜都长不好，但现在已经变成所谓的"文化村"了，红色蓝色的瓦顶房屋鳞次栉比……

　　不过玄鹤山房仍算是一幢小巧玲珑、大门雅

致的房子。特别是最近越过围墙，能看到松树上挂着除雪用的绳子。大门前铺着的干松叶上掉下来的紫金牛果红红的，看上去更是风雅别致。这户人家所在的小胡同很少有人路过，连卖豆腐的从这儿经过，也是把车停在路口，吹几声喇叭就走了。

"玄鹤山房？这玄鹤是什么意思啊？"

一个头发长长的美术科学生胳膊夹着细长的画具箱，偶尔从这家门前路过，问另一个同样穿着金纽扣制服的美术科学生。

"是什么呢？没准儿是'严格'两个字的谐音吧？"

两个人笑了起来，轻快地从门前走过。他们身后冰冻的路上，唯有一截不知他俩谁扔的"金蝙蝠"牌香烟头，袅袅冒出一缕青烟。

二

　　重吉成为玄鹤的女婿之前，在一家银行做事，所以下班回到家里，常常已是点灯时分。这几天来，他一进门就立刻闻到一股奇怪的臭味。原来玄鹤得了寻常老年人很少得的肺结核，这是他躺在病床上呼出的气味。然而，这种气味不会飘出门外。重吉穿着冬大衣，腋下夹着公文包，走过房前的台阶时，不由得怀疑起自己的神经来。

　　玄鹤在厢房里安了一张床铺，不躺着的时候就靠在被褥上。重吉把帽子和外套一脱，必先到厢房去露个面，打一声招呼说"我回来了"，或问候一声"今天怎么样"，但他很少迈过厢房的门槛。一方面是怕传染上岳父的肺结核，另外也是嫌里边的气味难闻。玄鹤每次看到重吉，总是答应一声"啊"或说一句"回来啦"，他的声音有气无力的，不像是说话，倒像是喘气。重吉听见岳父这么说话，总是不得不对自己的不近人情而感到内疚，但是他实在害怕走进厢房。

　　看望过岳父后，重吉又去饭厅旁的房间，看望同样卧病在床的岳母阿鸟。阿鸟在七八年前玄鹤还没病倒时，就连厕所都上不了了。玄鹤娶她，是因为她是某大藩家臣总管的女儿，也因看上她的姣好长相。她虽然年纪大了，但眼睛什么的风韵犹存。此刻，她坐在铺上认真地补白袜子，样子和木乃伊没什么两样。重吉对她也同样扔下一声招呼："妈，今天怎么样？"接着就进了十平方米大小的饭厅。

　　妻子阿铃如果不在饭厅，就是在狭窄的厨房和信州出身的女仆阿松一起干活。对重吉来说，不要说收拾得干干净净的饭厅，就连安上了新式炉灶的厨房也远比岳父岳母的房间可亲得多。重吉是一位政治家的次子，这位政治家一度做过知事。但比起有豪杰气概的父亲来，他更像曾是和歌诗人的母亲，更像是个读书人，从他和蔼的目光和细瘦的下巴也能看出来。重吉进了饭厅，脱下西装，换上和服，舒舒服服地坐到长火盆旁，点上廉价的雪茄，逗今年刚上小学的独生儿子武夫玩。

重吉总是和阿铃、武夫一起围着矮饭桌吃饭，吃的时候一向很热闹。但是最近，"热闹"之中总是有点儿拘束，这都是因为家中来了一个伺候玄鹤的护士，名叫甲野。特别是武夫，即便有"甲野小姐"在旁边，他照样淘气。不，应该说正因为有"甲野小姐"在，他就更淘气了。阿铃常常皱起眉头瞪着淘气的武夫，可是武夫只是装傻，故意做出吃饭的样子给她看。重吉常看小说，知道武夫淘气是为了表现自己的男子汉劲头，所以心里虽有点儿不高兴，但一般只是在旁边微笑着闷头吃饭。

"玄鹤山房"的夜晚十分安静，不要说一早就要出门的武夫，就连重吉夫妇也是在十点左右就睡。没睡的就只有九点前后开始值宿的护士甲野了。甲野在玄鹤的枕头边，挨着烧得红彤彤的火盆坐着，连瞌睡都不打。玄鹤不时把眼睛睁开，但除了开口提醒热水袋凉了或是湿毛巾干了之外，他几乎不开口说话。在这间厢房里能听到的就只

有竹丛被风吹动的飒飒声。甲野在微寒的静寂里
默默地守护着玄鹤，想着种种心事，想着这家人
每个人的心思和自己的将来……

三

　　某个雪后初晴的上午，一个二十四五岁的女
人牵着一个瘦弱的男孩，从天窗里露出一角蓝天
的堀越家厨房探出头。重吉当然不在家，正在踩
缝纫机的阿铃虽然有过预感，但仍然感到有些意
外。可是不管怎样，她还是离开长火盆去接待客
人。客人进了厨房后，把自己和男孩的鞋放正（男
孩穿着白毛衣）。从这些举止也看得出，女人感到
自卑。不过这也难怪，这五六年里，她住在东京
附近，是玄鹤公开纳的小妾阿芳，过去是玄鹤家
的女仆。

　　阿铃看到阿芳时，觉得她比原来老多了。不
光是脸，阿芳的手四五年前是圆圆胖胖的，可是

现在，年龄的增长让她的手细得能清楚地看见血管。还有她身上戴的首饰也是……从她戴的便宜戒指上，能感觉到她操劳度日的辛苦。

"这是我哥哥叫我送给老爷的。"

阿芳愈加怯生生地拿出一个旧报纸包，在进饭厅前，悄悄地把那个包放在了厨房的角落里。正在洗衣服的阿松干脆麻利地干着活，不时用眼角打量着头顶左右梳着水灵灵的两个半圆发髻的阿芳。但是一看见那个旧报纸包，阿松的脸上愈发露出了鄙视的表情，更何况这东西还散发出和新式炉灶、精致餐具不协调的臭味。阿芳虽然没看见阿松，但她至少在阿铃脸色上已经看出了奇怪的表情，她解释着："这是那个，大蒜。"然后她对那个咬着指甲的孩子说，"快呀，少爷，快行礼。"不用说，这就是玄鹤跟阿芳生的孩子文太郎。阿铃听到阿芳管这孩子叫"少爷"，真的挺可怜阿芳。但是她的常识立刻就让她明白，阿芳这样做也是没法子的事。阿铃仍然不动声色，拿出现成的点心招待坐在饭厅一角的母子俩，跟他们讲着玄鹤的病情，逗文太郎高兴……

玄鹤娶了阿芳之后，也不以换乘电车为苦，一个星期总要到妾宅去一两回。最初阿铃对父亲这个样子觉得很反感，心里经常想："你也该稍微为母亲想想啊。"阿鸟似乎对一切都已灰心，这就更让阿铃觉得母亲可怜了。父亲去了妾宅之后，她还要假装不知道，跟母亲撒谎说："父亲说今天有诗会，出门了。"她也不是不知道，这种谎话骗不了母亲，每当看到母亲脸上近乎冷笑的表情，她就后悔撒了谎。同时她也常常觉得瘫痪的母亲有些无情，不能体谅女儿的用心。

阿铃把爸爸送出门后，常常因为想起家里的事而停下手中的缝纫机。其实，对阿铃来说，在玄鹤还没把阿芳收房之前，他就不是一个好父亲。可是温顺的阿铃觉得怎样都无所谓，她只是担心爸爸连古董字画都一个劲儿往妾宅搬。阿芳还在她家当女佣的时候，阿铃就从来没把阿芳当坏人。不，她甚至觉得阿芳比一般人还老实。但是她弄不清楚，阿芳那个在东京郊区开鱼店的哥哥打的是什么主意。实际上，在她的眼里，阿芳的哥哥好像是个净打坏主意的家伙。阿铃常常抓着重吉，说出自己的担心，可是重吉根本不愿意照她说的办。"我怎么好跟父亲开这个口呢？"阿铃见重吉这么说，就只好不作声了。

"父亲未必认为阿芳懂得罗两峰[1]的画吧？"

重吉偶尔若无其事地问阿鸟，可是阿鸟抬头看看重吉，总是苦笑着说：

"这是他的脾气，他还拿块砚台来问我，'你看怎么样？'他就是这么个人。"

可是现在看来，无论对谁的担心都是多余的。玄鹤自今年冬天以来，由于病重不能再去妾宅，之后出乎意料很爽快地同意了重吉提出的和阿芳分手的建议（分手的条件实际上几乎都是阿鸟和阿铃想出来的）。阿铃一直担心的阿芳的哥哥也同样很满意。阿芳得到一千元的赡养费，回到上总海边的娘家住，另外每个月再寄若干钱作为文太

1　罗聘（1733—1799），中国清代画家，扬州八怪之一。

郎的教育费。阿芳的哥哥对这些条件没提出任何异议，不仅如此，不用催，就主动把玄鹤密藏在姜宅的烹茶器具送了回来。正因为之前怀疑过他，这件事更使阿铃对他的好感增加了。

"另外舍妹说如果府上人手不够，她想来帮忙照顾病人。"

阿铃在答复这个要求之前，先和瘫痪的母亲商量了一下，可以说这是她的失策之处。阿鸟一听阿铃的话，立刻就说，那么明天就让阿芳带着文太郎来吧。阿铃除了要考虑母亲的心情之外，也怕扰乱全家的气氛，所以几次让母亲重新考虑一下（尽管如此，她夹在父亲玄鹤和阿芳的哥哥中间，自己也不能不顾情面拒绝人家的要求）。可是阿鸟无论如何也听不进她的意见。

"这事要是没进我的耳朵，那又是另外一回事了。但是……阿芳面子上也太难堪了。"

不得已，阿铃只好答应阿芳哥哥，让阿芳过来。这也许是不谙世事的她的又一次失策。重吉从银行回来听阿铃说起这事，女人般温和的眉宇间稍稍露出不高兴的神情，"这样多个人手固然好……但你要是跟父亲商量一下就好了。他要是不同意，也就没你什么责任了"——甚至还说了这些话。阿铃也与平时不同，闷闷不乐地答应了一句"也是"。可是要她去和玄鹤——和将不久于人世、对阿芳还旧情难舍的父亲说这个，她实在办不到。

阿铃一边陪着阿芳母子，一边回想着此前的曲折过程。阿芳没把手伸向长火盆，只是断断续续地讲着她哥哥和文太郎的事。她还是和四五年前一样，把"这个"的音发成"夹个"的乡下口音一点都没改。阿铃听到她的乡下话，心里也开始愿意和她聊聊了。但同时她对母亲却感到一丝担心，阿鸟睡在隔着一层纸拉门的隔壁，连咳嗽都没咳一声。

"那么就请在这儿待一个星期吧。"

"行，只要您不嫌弃就行。"

"不过，你没带换洗衣服怎么办？"

"我哥哥说晚上给我送来。"

阿芳一边这么答应着，一边从怀里掏出糖递给觉得无聊的文太郎。

"那我去告诉父亲一声。他现在身体很虚弱，挨着拉门一边的耳朵都冻伤了。"

阿铃在离开长火盆前，默然把铁水壶重新挂在火盆上。

"妈妈。"

阿鸟答应了一声什么，好像是听见喊声才醒来似的，声音含含糊糊的。

"妈妈，阿芳来了。"

阿铃这下放了心，她尽量不看阿芳，立刻起身离开长火盆。经过隔壁房间时又顺口招呼了一声："阿芳来了。"阿鸟躺着没动，脸埋在睡衣领口里。但是，当她仰望阿铃的时候，看起来只有眼睛现出了微笑的神色，答应着："哎呀，真早啊。"阿铃能感到阿芳在身后跟过来了。她急匆匆地穿过面向积雪的院子走廊朝厢房走去。

从明亮的走廊突然走进厢房，阿铃顿时觉得实际上屋里要更昏暗。玄鹤正坐起来，让甲野念报纸给他听，可是一见阿铃进来，立刻张口问："阿芳呢？"质问似的声音有些沙哑，显得格外急切。阿铃站在纸拉门边，随口应了一声："哎。"然后，谁都没再开口。

"我马上叫她过来。"

"嗯……只有阿芳一个人吗？"

"不……"

玄鹤默默地点了点头。

"那么，甲野小姐，请到这边来一下。"

阿铃比甲野先走一步，在走廊小跑着。刚好在还残留着积雪的棕榈树叶上，有一只鹡鸰晃动着尾巴。但是她并没注意到这只鸟，只是感觉有一种可怕的东西从厢房里跟了过来。

四

自从阿芳住进来，家里的气氛眼见着险恶了起来。气氛紧张首先是从武夫欺负文太郎开始的。文太郎这孩子，不像他的爸爸玄鹤，倒像他妈妈阿芳，而且连软弱这点都像阿芳。阿铃似乎有点同情这个孩子，但有时候也觉得文太郎太没出息。

护士甲野由于本身职业的关系，在一旁冷眼看着这种司空见惯的家庭悲剧——说她冷眼观看，还不如说是在欣赏这样的家庭悲剧。她过去的经历很不幸，因为和病人家主人、医院和医生发生过冲突，她不知有多少次想吞氰化钾自杀。不知不觉这样的经历让她有一种病态兴趣，即拿他人的痛苦当作自己的享受。她进堀越家的时候，发现瘫痪的阿鸟每次大小便以后都不洗手。她还在想："这家的媳妇怎么那么能干，把水端来端去竟无人觉察。"这件事在疑心很重的她心里留下了阴影。但是过了四五天以后，她才发现这居然是这家的小姐阿铃的过错。她对这个发现感到了一种满足，于是阿鸟每次大小便以后，她就用脸盆给阿鸟端水。

"甲野小姐，多亏了你，我才能跟别人一样

洗手。"

阿鸟把两手合在一起，眼泪都下来了。甲野一点也不为阿鸟的感激所动，但是当她看到阿铃三回里能有一回要给阿鸟端水的时候，她觉得特别开心。所以当她看见小孩子吵架的时候也没什么不高兴的。她在玄鹤面前，表现出好像同情阿芳母子的样子，但在阿鸟跟前她又做出好像对阿芳他们没有好感的模样。虽然这样做很费事，但的确有了效果。

阿芳住下大约一个星期后，武夫又和文太郎打了一架。他们打架只是始自争论猪尾巴到底像不像柿子的蒂。武夫把瘦弱的文太郎推到自己学习房间的角落拳打脚踢了一顿。他的房间在大门旁，有十来平方米大。刚好这时阿芳来了，她抱起连哭都哭不出来的文太郎，去教育武夫。

"少爷，欺负弱小的人可不行啊。"

这对老实巴交的阿芳来说已经是很少有的带刺的话了。武夫被阿芳的脾气吓住了，这回是他哭着逃到阿铃所在的饭厅去了。可是阿铃也发了火，扔下手摇缝纫机上的活儿，硬是把武夫拖到阿芳母子面前：

"你这家伙也太放肆了，快点向阿芳阿姨认错！两手挨地跪下认错！"

阿芳在生气的阿铃面前，只能和文太郎一起流着眼泪，一个劲儿地赔不是。出来当说合人的当然是护士甲野，她一边拼命把满脸通红的阿铃推回去，一边想象着另一个人——一直听想象着这边吵架的玄鹤心里是怎么想的，暗中冷笑着。不过，她的这些想法绝对不会流露在脸上。

让一家不得安宁的，不一定仅仅是孩子吵架。阿芳不知什么时候，又把似乎已经万念俱灰的阿鸟的醋劲给煽了起来，虽然阿鸟对阿芳从来就没说过什么难听的（这一点和五六年前阿芳还在女佣房间住的时候一样）。可是和这事毫无关系的重吉成了出气筒，不过重吉当然不和她一般见识。阿铃挺同情重吉的，经常替她母亲向重吉道歉。他只是常常苦笑着把话反着说："要是你也歇斯底里就麻烦了。"

甲野对阿鸟的嫉妒也很感兴趣。阿鸟的嫉妒就自不必说，就是阿鸟拿重吉撒气的事，甲野也知道得很清楚。这还不算，不知从什么时候开始，她自己也对重吉夫妇有些嫉妒起来。阿铃于她是"小姐"，而重吉只是社会上普普通通的男人，也就是她所蔑视的雄性动物中的一只而已。他们的幸福在甲野的眼里几乎就是不正经，她为了矫正这种不正经（！）就对重吉表现出特别温顺的样子。这对重吉也许并没有什么，但这可是让阿鸟生气的绝好机会。阿鸟的膝盖都露了出来，恨恨地说："重吉，你有了我的女儿……有了瘫子的女儿还嫌不够吗？"

不过，好像只有阿铃没因为这事而怀疑重吉，实际上她好像还同情甲野。而甲野对此更加不满，甚至更看不起好人阿铃了。但是，她对重吉开始躲着自己感到高兴。重吉在躲避她的时候，反而对她有了男人的好奇心，这也让甲野很满足。过去就算甲野在旁边，重吉也会光着身子去厨房旁的浴室洗澡。但是，最近甲野再也没看见过重吉光身子。这肯定是因为他为自己像拔了毛的公鸡一样的身子感到害臊。甲野看着他（他也满脸雀斑），心里暗自觉得好笑：他还以为除了阿铃，还有谁看上他了呢！

一个下霜的阴天早晨，甲野在她靠门口的小房间里摆上镜子，开始梳头，照例把头发全都拢到了后面。这天恰好是阿芳要回乡下的前一天。阿芳离开这个家，对重吉夫妇来说似乎是件令人高兴的事，但这好像反而让阿鸟更生气着急了。甲野梳着头发，听着阿鸟大声喊叫，不由得想起了过去听朋友说的一个女人的故事。据说这个女人在巴黎住着住着，越来越想家，得了严重的思乡病。幸亏她丈夫的朋友要回国，她就一起坐上了回国的船，而且好像也不觉得长时间的海上旅行辛苦。船到了纪州海边的时候，不知为什么，她突然兴奋起来，一下子跳进了大海。这叫近乡情更怯……甲野静静地擦去手上的油，心想，不用说对瘫子阿鸟，这种神秘力量对她自己的嫉妒心也起了作用。

"哎呀，妈妈，您这是怎么了？怎么爬到这儿来了？妈妈她……甲野小姐，快来呀！"

阿铃的喊声是从离厢房不远的走廊传过来的。甲野听到喊声的时候，脸对着明亮的镜子，先是冷笑了出来，然后她做出特别吃惊的样子答应了一声："马上就来。"

五

玄鹤越来越衰弱了，他长年的疾病自不待言，就是从后背到腰上的褥疮，也让他苦不堪言。他时时大声呻吟，好稍稍忘掉些许疼痛。让他感到痛苦的，还不只是肉体上的折磨，他在阿芳住在家里的这段时间多少得到了些安慰，不过阿鸟的嫉妒和孩子们吵架也总是让他感到痛苦。但这些还算是好的，他现在感受到了阿芳走后可怕的孤独，同时也不能不回首他这漫长的一生。

玄鹤的一生，对他自己来说是微不足道的。

当然，他获得橡皮图章专利的时候，的确是他这辈子相对来说比较得意的一段时间。可也就是在那时候，同行的嫉妒和为了保住自己的利益带来的焦虑不安，这种焦虑不安又不断地折磨着他。他包下阿芳后，除了和家里人吵吵闹闹之外，还得背着他们想办法弄钱，这也一直都是他沉重的负担。而更可耻的是，他虽然被阿芳的年轻吸引，但是至少在这一两年里，他内心里不知有多少次盼着阿芳母子死掉……

"微不足道……可是想想看，也并不仅仅我一个人这样啊。"他在晚上这么想着，仔细地想着一个个亲戚、朋友的事。他女婿的父亲只是为了"拥护宪政"，就把几个手腕比自己差的对手从社会上给抹杀了；另外，他最好的伙伴，一个古董商，和自己前妻的女儿私通；有一个律师把帮别人保存的钱给花光了；还有一个篆刻家……可是令人费解的是，他们所犯下的罪并没给他的痛苦带来什么变化。不仅没有带来变化，反而把他生活里的阴影扩大了。

"管他的呢，这样的苦日子也快要到头了，只要这口气一咽下去，就……"

这大概是玄鹤最后的一点安慰了。为了排解身心上的种种痛苦，他尽量回忆着那些曾让他高兴的往事。但是刚才也说过了，他的一生是微不足道的一生。假如他的一生还有比较辉煌的一面的话，那可能就是他什么事都不懂的幼年时代了。他时时会在梦幻和现实之间想起他父母住过的信州的一个山村——特别是压上石头的木板房顶、散发着蚕茧味的桑树枝。不过那些记忆也没持续多久。他常常在呻吟的时候念观音经，或者唱过去的流行小调。等他念了"妙音观世音，梵音观世音，胜彼观世音"之后，又唱"误终身，误终身"[1]。虽然听上去很滑稽，而对于他又有点可惜了。

"睡觉就是极乐，睡觉就是极乐。"

为了忘掉所有的一切，玄鹤一心想早点熟睡

---

1 当时一首流行俗曲的第一句。

过去。实际上甲野不仅给他吃了安眠药，还给他注射了海洛因。但是他并不见得总能睡得安稳。他常常在梦里和阿芳、文太郎见面，这让他——梦中的他心情舒畅（他在一天晚上的梦里又和新花牌"樱花二十点"上的人谈了起来，而且"樱花二十点"的脸就是四五年前阿芳的脸）。可是正因为做了这样的梦，才让醒过来的他更加悲惨。玄鹤不知从什么时候开始，甚至对睡觉都感到近乎恐惧的不安。

快要到除夕的一个下午，玄鹤仰面躺着，招呼在枕边的甲野：

"甲野小姐，我好久没扎过兜裆布了，让他们给我买六尺白布来吧。"

要买白布，其实不用专门让阿松到附近的绸布庄去买。

"扎兜裆布我可以自己来，把布叠好放在这儿就行了。"

接着玄鹤就一直盘算着，盘算着用这块兜裆布吊死自己，这才好容易熬过了半天时间。可是，连坐起来都要靠别人帮忙的他，就算想上吊，也不是那么容易得到机会。再说，真要去死的话，玄鹤毕竟还是怕的。他在昏暗的电灯光下，一边注视着黄檗流派写的一行书法，一边嘲笑自己到现在还贪生怕死。

"甲野小姐，请帮我坐起来。"

这时是晚上十点钟左右。

"我一个人睡，你也别客气，去休息吧。"

甲野奇怪地看着玄鹤，冷冷地答应着：

"不，我不睡。这是我的工作。"

玄鹤觉得自己的计划被甲野看穿了。但是他只是点了点头，什么都没说就装着睡着了。甲野在他的枕边打开一本妇女杂志的新年号，好像看得很投入。玄鹤还在想着被子边上兜裆布的事，把眼睛睁开一条缝，盯着甲野看。这时，他忽然觉得很好笑。

"甲野小姐。"

甲野一看玄鹤的脸，好像吓了一跳。玄鹤靠在被子上，不知什么时候起，一直不停地笑着。

"有什么事？"

"没，什么事也没有，没什么可笑的……"

玄鹤一边笑着，一边还伸出细瘦的手晃着。

"刚才……不知道为什么忽然觉得想笑……现在扶我睡下吧。"

过了大约一个钟头，玄鹤不知不觉睡着了。那天晚上做的梦很吓人，梦里他在繁茂的树林里站着，从很高的纸拉窗的缝隙往屋里看。屋里有一个光溜溜的什么都没穿的小孩，脸朝这边躺着。虽说是个小孩，但是他的脸像老人一样全是皱纹。正当玄鹤想大声喊他的时候，惊出一身汗，醒了……

厢房里谁也没来。天暗下来了，还是没有？——可是玄鹤看看座钟，知道现在已经要到正午十二点了。一瞬间他感到心中特别明亮，但像平时一样，立刻就又变得忧郁起来。他仰面躺着，数着自己的呼吸次数。这时好像有什么在催促他："是时候了。"

玄鹤轻轻地拉过兜裆布，套在自己的脖子上，然后两手使劲一勒……

正在这时，穿得鼓鼓囊囊的武夫在门外探头：

"哎呀，爷爷怎么在做这种事！"

武夫一边喊着，一边往饭厅里跑。

六

过了大约一个星期，玄鹤在家人的簇拥下，因患肺结核死去了。他的告别仪式很盛大（只有瘫痪的阿鸟没法参加仪式）。聚集在他家的人，向重吉夫妇道恼后，就走到他用白缎子包围着的灵枢前为他烧香行礼。不过，当他们走出他家大门的时候，就大都把他给忘了，当然他的旧友是例外。

"那个老头子也该满意了，有个年轻小老婆，还攒下了点钱……"他们几乎都异口同声地这样说。

　　拉着他灵柩的丧葬用马车跟在一辆马车后面，经过十一月份太阳还没落下的街道，朝火葬场走去。坐在后面有些脏的马车上的，是重吉和他的表弟。他的这个大学生表弟很在意马车的晃动，也不太和重吉说话，只是看着一本小开本的书。那是李卜克内西[1]《回忆录》的英译本。重吉因守了一夜的灵很疲倦，所以不是昏昏沉沉地打瞌睡，就是看着窗外新开通的街道，一个人有气无力地自言自语："这边也全变了。"

　　两辆马车走过化过霜的路，好容易才到了火葬场。尽管事先已经打电话预约好了，火葬场的人却说一等焚化炉已经满员，只剩下二等的。对于他们来说，其实几等都无所谓。但是重吉倒不是顾虑老丈人，而是怕阿铃说什么。他隔着半圆形的窗口卖力地和办事员交涉着：

　　"这是个救治不及的病人，作为亲属，就是想起码火葬时给他用一等的。"——居然撒了这种

1　威廉·李卜克内西（Wilhelm Liebknecht，1826—1900），德国社会主义者，马克思的学生。

谎，不过似乎比他预想的要有效。

"那么这样吧。一等的已经满员了。我们就破例，收一等的费用，用特等的炉子烧。"

重吉觉得不大好意思，连声向办事员道谢。办事员是个戴黄铜边眼镜的老大爷，看样子是个好人。

"不，不用谢。"

他们等焚化炉上了封后，又坐上有些脏的马车，准备出火葬场的大门。这时他们意外地发现，阿芳正站在砖墙前注视着他们的马车行着礼。重吉一下子感到很狼狈，想把帽子抬抬，可是这时马车已经斜斜地走上了两边杨树已经落叶的马路。

"是那个人吧？"

"嗯……我们来的时候好像就站在那儿了。"

"是啊，我还以为是要饭的呢……那个女的以后怎么办呢？"

重吉点上一支敷岛牌香烟，尽量冷淡地说：

"是啊，谁知道会怎样呢……"

表弟不说话了，但是他在想象上总海岸边的一个渔村，还有必须在那个渔村里生活下去的阿芳母子……他的脸一下子变得严肃起来，在不知什么时候射进来的阳光下，又看起李卜克内西来。

昭和二年（1927）一月

（宋再新　译）

海市蜃楼

——或名《续海边》

一

　　一个秋天的中午时分，我和从东京来玩的大学生 K 一起去看海市蜃楼。鹄沼的海岸能看到海市蜃楼，想必是尽人皆知的。实际上我家的女佣就看到过船的倒影，她感叹道："简直就和前几天报上登的照片一模一样。"

　　我们拐进东家旅馆旁边的路，顺便去邀 O 君。O 君仍然穿着红衬衫，现在好像在准备午饭，隔着篱笆墙能看到他在水井边用泵使劲压水。我举起桠木手杖，和 O 君打着招呼。

　　"从那边上来嘛。哎呀，你也来啦？"

　　O 君还以为我和 K 是来玩的。

"我们要去看海市蜃楼，你也一起去好不好？"

"海市蜃楼？"

O君一下子笑了出来：

"不错，最近是时兴看海市蜃楼。"

五分钟以后，我们已经和O君一起走在沙子铺得很厚的路上了。路左边是沙丘，路面有牛车轧出的两道车辙，黑乎乎地斜穿过沙丘。这两道车辙让我有一种受到压迫的感觉。这是强壮的天才留下的痕迹……就是这样的压抑。

"我的身体不行了，就算看到这样的车辙印，不知为什么，也觉得不服不行。"

O君皱着眉头没应声。但我心里明白，我的心情和他是相通的。

我们走过松树林——稀疏低矮的松树林，走上了引地川的河岸。在广阔的沙滩对面，深蓝色的大海一望无际，但绘之岛上的房屋和树木却让人感到忧郁阴沉。

"现在是新时代呀。"

K 的话颇为突然，他的脸上还露出了微笑。新时代？不过，瞬间我也发现了 K 所说的"新时代"。原来，在防沙的竹篱笆后面，有一对正在眺望大海的男女。穿着薄外套、戴着礼帽的男人当然算不上"新时代"，但是那个女的不仅头发剪得短，打的阳伞和脚上的矮跟皮鞋的确算是"新时代"了。

"看上去挺幸福的嘛。"

O 君拿 K 开着玩笑：

"你这样的就是让人羡慕的一种人。"

能看到海市蜃楼的地方大约离他们一百米远。我们都趴在地上，隔着河水透过蒸腾的热气注视着沙滩。沙滩上有一条缎带宽的蓝色在飘动，怎么看都像是大海在沙滩上蒸腾的热气中折射出来的颜色。除此之外，并没看见沙滩上有船影什么的。

"这就叫海市蜃楼啊？"

K 的下巴上沾满了沙子，像是很失望地说道。这时不知从哪儿飞来一只乌鸦，掠过两三百米远处的沙滩，掠过飘动的蓝缎带似的东西，然后又朝对面飞下去。与此同时，乌鸦的影子在游丝一般的缎带上映出了倒影。

"今天这都算好的了。"

O君说着，我们同时从沙滩上站起来。这时，我们后面的那两个"新时代"，不知什么时候从前面朝我们走了过来。

我们吓了一跳，回身往后看。可是他们好像仍然在离我们大约一百米左右的那道竹篱笆后聊着。我们——特别是O君，败兴地笑了出来：

"这边的不是更海市蜃楼吗？"

在我们前面的"新时代"当然不是那一对。但女人剪的短发和男人戴的礼帽，却和那一对几乎一模一样。

"我怎么觉得毛骨悚然？"

"我在想，他们是什么时候来的。"

我们这么聊着，这回没有沿着引地川河岸，而是穿过了矮沙丘往前走。防沙的竹篱笆边也有发黄的小松树。O君走过那里的时候，就像喊号子似的弯下腰，从沙子上捡起了什么东西。那是块木头牌子，涂了沥青似的黑边，上面写着西洋文字。

"那是什么？ Sr. H. Tsuji... Unua... Aprilo... Jaro... 1906...（辻氏，1906 年 4 月 1 日）"

"是什么呀？是 Dua... Majesta（5 月 2 日）？是 1926 年吧？"

"这个呀，大概是水葬的尸体上的吧？"

O 君做出了这样的推断。

"可是水葬时，尸体总要拿帆布什么的包起来呀。"

"所以要拴上木牌子。你看，这儿钉了钉子，本来是十字架的形状。"

我们这时已经走在好像属于一座别墅的灌木篱笆和松树林之间了。木牌子的来历大致上和 O 君的判断比较接近。我又一次感到了一种在阳光下不该有的恐惧。

"捡到一个不吉利的玩意儿。"

"这有什么呀，我要拿来当吉祥物……可要是

1906 年到 1926 年的话，那二十来岁就死了，二十来岁。"

"是男的还是女的？"

"不好说，……不过没准是个混血儿呢。"

我回答 K 的问话，心里想象着死在船上的那个混血儿青年的样子。照我的想象，他的母亲应该是日本人。

"是海市蜃楼吧？"

O 君眼看着正前方，突然这么自言自语道。这话可能是他无意之中说的，但却微微触动了我的心绪。

"去喝杯红茶怎么样？"

我们不知不觉已经站在有很多房屋的大街街角了。有很多房屋？可是在沙子已经干了的路上几乎不见行人。

"K 怎么想？"

"我怎么都行……"

这时，一只雪白的狗耷拉着尾巴，有气无力地从对面走来。

二

K 回东京后，我又和 O 君还有我妻子一起走过引地川的桥。这回是在晚上七点来钟，刚刚吃过晚饭的时候。

那天晚上，天上没有星星。我们没怎么说话，只是在空无一人的沙滩上走着。沙滩上引地川入海口附近有一点灯光在闪动，好像是出海捕鱼的船当航标用的。

波浪声当然不绝于耳，越走近水边，海腥味越浓。不过这气味不仅仅来自海水，恐怕更多是来自我们脚边被海水冲上来的海草和水里的浮木。不知为什么，除了鼻子外，我的皮肤也感觉到了这种气息。

我们在水边站了一会儿，眺望着浪头的消长。放眼望去，海上一片漆黑。我想起了大约十年前在上总一处海岸逗留时的事来，同时还想起了那时和我在一起的一个朋友。他除了自己学习外，还帮忙看了我的短篇小说《山药粥》的校样……

这时我看见 O 君已经蹲在水边，擦着了一根火柴。

"干什么呢？"

"没干什么，擦根火柴看看而已。能看到好多东西吧？"

O 君抬头看着我们，有一半话是对着我妻子说的。的确，在一根火柴的火光下，能看见沙滩上散乱的水松和石花菜里，有各种各样的贝壳。等火柴的火光一灭，O 君又重新擦着一根，一步步沿着水边走着。

"哎呀，真吓人，我还以为是土左卫门[1] 的脚丫子呢。"

原来是一只一半被埋在沙子里的游泳鞋，一旁的海草里还有一大团海绵。可是火柴一灭，周围变得比刚才还黑。

"比白天的收获少啊。"

"收获？噢，你是说那块木牌子呀，那种东西

---

[1] 日本江户时期一个力士，身材肥大。后人将溺死者戏称为土左卫门。

可不是到处都有。"

我们把永无休止的浪涛声留在身后，走回广阔的沙滩。除了沙子，我们还不时踩到海草。

"这边可能也有不少东西呢。"

"再擦根火柴看看？"

"行啊……哎呀，有铃铛的声音。"

我侧耳听了一下，因为我觉得自己最近有过很多错觉。但是，这回的确从什么地方发出了铃铛声。我想再问问 O 君他听见没有，这时比我们落后两三步的妻子笑着对我们说：

"大概是我木屐上的铃铛响吧……"

可是我不用回头看就知道，她穿的是草编鞋。

"我今天晚上当一回孩子，穿着木屐走走。"

"是太太的袖子里有东西在响呢……噢，是小 Y 的玩具呀，带铃铛的赛璐珞玩具。"

O 君这么说着，也笑了出来。这时妻子已经从后面追了上来，我们三个人并排走着。我们借着妻子开的这个玩笑，聊得比刚才更热闹了。

我跟 O 君讲了昨晚做的梦，是个在一栋新式住宅前和卡车司机聊天的梦。我觉得我在那个梦里确实是遇到了那个司机，但到底是在哪儿碰上的，醒了以后就弄不清了。

"后来一下子想起来了，那个人原来是三四年前为谈话笔记来过的一个女记者。"

"那么那个司机是女的喽。"

"不，当然是男的了，只不过脸是她的。大概见过一面的人还是在脑子的哪处留下了印象。"

"有可能啊，特别是脸让你觉得印象深的人……"

"可是我对那个人的脸没兴趣呀，这样的话反而更可怕了。总觉得在意识之外还有各种各样的东西。"

"就是说擦火柴一看，就可以看到很多东西。"

我讲着这些，偶然发现此时我们能清楚地看到对方的脸。可是天上仍然和刚才一样，连星光都看不见。我又觉得有点瘆人，往天上看了好几次。这时，妻子好像也发现了，还没等我说话呢，就回答了我的疑问。

"是沙子的关系吧？对不对？"

妻子把两只袖子拢在一起，回头看着广阔的沙滩。

"是有点像那么回事啊。"

"沙子这玩意儿就是爱捉弄人，海市蜃楼不也是沙子弄的吗？……太太还没见过海市蜃楼吧？"

"不，上次看到过一回……就看到蓝色的东西……"

"就是那个嘛，今天我们也看见了。"

我们过了引地川桥，走在东家旅馆的土堤外，松树树枝被不知什么时候起的风吹得沙沙响。这时，好像有个矮个子男人脚步很快地朝我们走来。我忽然想起了这个夏天里产生过的一次错觉。那也是一个晚上，我把挂在杨树上的纸看成了遮阳帽。但现在这个人不是错觉，当我们走近对方的时候，都能看见他穿的衬衫的胸口。

"那是啥，是领带夹？"

我小声嘀咕着，忽然发现我刚才以为是领带夹的东西，原来是香烟的火光。这时，妻子嘴叼着袖子，忍不住最先笑了出来。但是，那个男的目不斜视，快步从我们身边走了过去。

"那么晚安。"

"晚安。"

我们很随便地和 O 君道了别，走在松风里，而松风里又夹杂着虫鸣。

"爷爷的金婚纪念日是什么时候来着？"

"爷爷"指的是我父亲。

"什么时候呢……东京寄来的黄油到了吧？"

"黄油还没到，到的是香肠。"

这时，我们来到了门前 —— 来到了半开的门前。

昭和二年（1927）二月四日

（宋再新　译）

河
童

请读作 Kappa

序

　　这是一个精神病院的患者——第二十三号病人逢人就讲的故事。他大概三十多岁，但乍看上去，显得特别年轻。他半辈子的经历——算了，这些现在已经无所谓了。他整天只是一动不动地抱着两个膝盖，时时看看窗外（安了铁栏杆的窗外有一棵连枯叶都掉光了的橡树，枝干直指欲雪的天空），对院长 S 博士和我不停地讲着这个故事。当然在讲话时他还会有一些动作，比如讲到"吓一跳"的时候，就会突然把头向后仰……

我认为，我相当准确地记录了他的话。如果有哪位对我的笔记还不满意的话，可到东京市外XX村的 S 精神病院去打听一下。看上去比实际年龄年轻的第二十三号首先会向你恭敬地低头行礼，指着没有椅垫的椅子请你坐，然后脸上露出忧郁的微笑，安静地重复这个故事。最后……我还记得他结束这个故事时的表情。他刚一站起来，突然就抡起拳头，对谁都破口大骂：

"滚出去！坏蛋！你小子也是混蛋！你是小人！卑鄙、无耻、自大、残酷、自私的动物。滚！你这个坏蛋！"

一

那是三年前夏天的事。我像其他人一样背着背囊，从上高地的温泉旅馆出发，要去爬穗高山。大家知道，爬穗高山只能沿着梓川河溯流而上。我过去不消说穗高山，连枪岳山也爬过，所以我没有请向导，一个人进了朝雾弥漫的梓川河谷。进了朝雾弥漫的梓川河谷——可是那雾却总是不见散去，反而越来越浓。我走了一个多小时，曾一度打算折回上高地的温泉旅馆。但是，要折回上高地，总得等到雾散才成，而雾却眼看着一刻不停地在变浓。"算啦，索性就接着爬吧。"——我心里这么想着，便顺着梓川河谷，在山白竹丛里继续穿行。

可是遮在眼前的还是浓雾。当然，浓雾里依然能时时看见粗大的山毛榉和枞树垂下的绿绿枝叶。另外，放牧的牛马也会突然出现在眼前，但刚看一眼，立刻又都隐藏在蒙蒙雾中了。走着走着我的腿酸了，肚子也开始饿了——再加上被雾水打湿的登山服和毯子变得非常重，我终于屈服了，便借着迸溅在岩石上的溪水声，往梓川河谷走下去。

我在水边的石头上坐下，准备先吃饭。打开牛肉罐头，又捡来枯枝点着火——干这些事差不多用了十来分钟的时间。这时，总是和人作对的雾不知什么时候渐渐消散了。我一边啃着面包，一边瞧了瞧手表，已经一点二十多了。可更让我吃惊的是，手表的圆玻璃表盖上映出一张可怕的脸。我大吃一惊，回头一看——说实话，我这是生平第一回看到河童。在我身后的一块石头上，有一个和画上一模一样的河童，一只手抱着白桦树干，另一只手遮在眼睛上，好不稀奇似的俯视着我。

我一下子目瞪口呆，一时身体连动都没动一下。看起来河童好像也吓了一跳，眼睛上的手都没动。过了一会儿，我一下子跳了起来，朝石头上的河童扑过去。与此同时，河童也跑掉了。不，恐怕是逃走了。实际上它一转身，一下子就不见了。我更加吃惊，朝四周的山白竹巡视。原来河童做出一副逃跑的样子，却在离我两三米远的地方正回头看我呢。这没什么可奇怪的，让我觉得意外的是河童身上的颜色。河童在石头上看着我时全身发灰，但是现在却全身变成绿的了。我大喝一声："畜生！"又朝河童扑了过去。河童当然逃跑了。我穿出山白竹，越过岩石，不顾一切地去追河童，大约追了半个来钟头。

　　河童跑起来快得绝不逊于猴子。我一心只顾追河童，河童却好几次跑得无影无踪。这还不算，我的脚踩滑了，还摔了好几跤。不过我追到一棵伸出粗大树枝的大橡树底下时，幸好有一头被放养的牛挡住了河童的去路。这是一头角很粗、眼睛里布满了血丝的母牛。河童一看见这头牛，就一边惊叫，一边就像翻了个跟头似的钻到较高的山白竹里去了。我——我心想，这下好了，猛地跟着穷追了过去。可是，我不知道那儿有一个洞，我的指尖刚碰到河童滑溜溜的后背，突然一头栽进了黑暗之中。不过，我们人心也会在千钧一发的时刻想一些不着边际的事。我"哎呀"叫了一声，一下子想起上高地的温泉旅馆旁有一座"河童桥"。后来——后来的事我就不记得了，只觉得眼前像打闪电似的，不知怎的就失去了知觉。

二

好容易醒过来，睁眼一看，我正仰面躺着，周围围着一大群河童。有一只大嘴巴上面戴着夹鼻眼镜的河童跪在我身边，正将听诊器放在我胸脯上。那只河童一见我睁开眼睛，就打手势叫我"不要动"，然后对身后的河童打招呼："Quax, quax。"这时有两只河童不知从哪儿抬来一副担架。我被抬上担架，在大群河童簇拥下静悄悄地走过了几条街。两旁的街道一点儿也不比银座大街差。在山毛榉的树荫里，各种各样的商店撑着遮阳棚，还有几辆汽车在林荫路上奔驰。

不一会儿，抬我的担架拐进一条小胡同，抬到一户人家里。后来我才知道，这儿就是戴夹鼻眼镜的河童——叫查克的医生的家。查克让我躺在一张很精致的床上，然后给我喝了一杯不知名的透明药水。我躺在床上，只有听任查克的摆布。实际上我浑身每个关节都特别疼，根本就动不了。

查克每天肯定会来看我两三次，又差不多每三天，那个最先发现我的河童——叫巴古的河童渔夫一定会来看我一次。比起我们人了解河童来，河童了解我们人类要多得多。这大概是因为河童捕获的人类远比我们人类捕获的河童多。虽然用"捕获"这个词不太恰当，但是人类在我之前，也常有人到河童国来，而且这些人里有不少一辈子就住在河童国里。要说为什么？就凭我们不是河童而是人，反而具有特权，可以不劳而获。实际上我听巴古说，一个年轻的修路工人也是偶然来到这个国家后，娶了雌河童为妻，一直到死都住在这里。当然，那只雌河童在这个国家是最漂亮的，但另外雌河童哄那个修路工人丈夫的功夫也妙不可言。

一个多星期后，根据这个国家的法律规定，我作为"特别保护居民"，在查克家的隔壁住了下来。我的房子虽然小，却盖得很别致。当然，这个国家的文明和我们人类的文明——至少是和日本的文明并没有什么大的差别。我家临街的客厅

一角有一台小钢琴，墙上还挂着镶上框的铜板腐
蚀画。只是最要紧的，从房子到桌子、椅子的尺
寸都是按河童的身材做的，我就像给送进小孩儿
的房间里一样，只有这点不大方便。

一到傍晚时分，我就在这间客厅里招待查克
和巴古，跟他们学习河童的语言。不，还不只是
他们，我作为"特别保护居民"，谁对我都抱有
好奇心。每天特地请查克给他量血压的玻璃公司
的老板盖鲁都到我这里来过。不过，头半个来月，
和我最好的还是那个叫巴古的渔夫。

一个暖融融的黄昏，我和渔夫巴古在这个房
间隔着桌子相对而坐。不知巴古想到什么，突然
不说话了，瞪着一双大眼，一动不动地盯着我。
我当然觉得很奇怪，就说："Quax, Bag, quo
quel quan？"把这句话翻译成日语就是："喂，巴古，
怎么啦？"可是巴古不但不回答，还突然站起身来，
一下子吐出舌头，那样子就像青蛙要跳过来似的。
我更害怕了，悄悄地从椅子上站起身，打算一步
就跳到门外去。幸好这时医生查克来了。

"嘿，巴古，要干什么？"

查克戴着夹鼻眼镜瞪着巴古，这时巴古看起来像很不好意思，好几次摸着脑袋，对查克赔礼说：

"实在是对不起。其实我看这位老爷害怕的样子挺好玩的，就逗着性子捉弄捉弄他，请老爷宽恕。"

三

在往下讲之前，我得先说明一下河童是什么玩意儿。河童这种动物是否存在，至今还是个问题。但是，既然我本人在他们当中生活过，自是毫无怀疑的余地。那么要说起这是一种什么样的动物的话，头上有短毛就不用说了，手脚有蹼，这一点也和《水虎考略》的记载没有太大的不同。身长有一米左右。据医生查克讲，体重大约有二十磅到三十磅——偶尔也有五十磅的大河童。另外脑顶中间有个椭圆形的窝，随着年龄增长会越来越硬。实际上，上年纪的巴古的窝摸上去和年轻的查克的手感完全不一样。不过最不可思议的应该是河童皮肤的颜色了。河童不像我们人类的皮肤颜色是一定的，而是随着环境而变化——比如在草里就变成草绿色，在岩石上就变成像岩石一样的灰色。不只限于河童，变色龙也这样。或许河童的皮肤组织上有和变色龙相近的东西。我发现这个事实的时候，想起了民俗学的记载，说西国河童的颜色是绿的，而东北的河童是红的。

我还想起我追巴古的时候，突然不知巴古跑到哪儿去了，看不见了。河童皮下似有较厚的脂肪，尽管这个地下的国家温度比较低（华氏五十度左右），他们却不知道穿衣服。当然河童都戴眼镜，带香烟盒，有钱包。河童就像袋鼠一样，肚子上有个口袋，装那些东西没什么不方便的。只是让我好笑的是河童腰间也不遮一下。有一次我问巴古，河童为什么有这样的习惯。巴古把头往后一仰，哈哈大笑起来，最后给我的回答是："我觉得你遮起来才叫可笑呢。"

四

我渐渐学会了河童的日常用语，也能够理解河童的风俗习惯了。其中有个最荒唐无稽的习惯令我不解：有的事我们人类很当真，河童却觉得好笑；而我们人类觉得可笑的，河童却又很当真。比如说，我们人认真地思考正义啦人道啦这些事，可是河童一听到这些后就捧腹大笑。就是说，他们对滑稽的观念，和我们是截然不同的。我有一回和医生查克聊起节制生育的问题。查克听了张开大嘴，差点儿把夹鼻眼镜笑掉了。我当然很生气，就质问他有什么可笑的。我记得查克的回答大体上是这样的——当然在细节上多少会有些出入，因为我那时还不能完全理解河童的话。

"只考虑父母的方便就很好笑，实在太自

私了。"

与此相反，从我们人的角度来看，没有比河童生孩子更好笑的了。过了几天，我到巴古的小屋去看巴古太太分娩的情况。河童分娩也要请医生和助产士帮忙。不过到了临产的时候，父亲像打电话一样，嘴对着母亲的阴部大声问："你要不要生到这个世界上来？好好考虑一下再回答。"巴古跪在地上，这样反复问了好几遍，然后用桌子上的药水漱了漱口。这时太太肚子里的孩子好像多少有点儿顾虑，小声回答说：

"我不想生出来，首先父亲的精神病遗传下来，就不得了。而且我认为，河童的存在就是不对的。"

巴古听了回答，不好意思地直搔脑袋。而这时，在场的助产士突然往巴古太太的阴部插了一根粗玻璃管，注射了液体。过了一会儿，巴古太太如释重负，重重地叹了一口气。与此同时，原来的大肚子就像漏了气的氢气球一样，瘪了下去。

河童的孩子能这样回答问题，所以一生下来当然就能走路说话。据查克说，有个孩子出生二十六天就以"有没有神"为题讲演，当然那个孩子第二个月就死了。

说到生孩子的事，我顺便讲讲我来到这个国家的第三个月，偶然在街角看见的一幅大招贴画吧。那幅大招贴画的下方画着十二三只吹喇叭的河童和手持刀剑的河童，上方写了一大片河童用的一种如钟表发条似的螺旋文字。翻译过来，大体上是这样的意思。当然有些细微的地方难免也会有错。总之，这是和我一起走路的河童学生拉普大声念给我听的，我呢，就一一记在本子上。

招募遗传义勇军！！！
健全的男女河童们！！！
为了消灭不好的遗传，
去和不健全的男女河童结婚吧！！！

那时，我当然跟拉普说，那是办不到的。一

听我这话，不光是拉普，在招贴画附近的河童全都哈哈大笑起来。

"办不到？照你这么说，你们还不是也和我们一样办！你知道少爷为什么看上了女仆，小姐迷上了司机吗？那就是大家在无意之中要消灭不好的遗传啊。第一，比起你原来讲过的你们人类的义勇军——为了争夺一条铁路就相互残杀的义勇军吧——比起那种义勇军来，我们的义勇军不是要高尚得多吗？"

拉普认真地这么说着，他那个大肚子也在可笑地不住起伏波动。不过，我却顾不上笑，慌忙要去抓一只河童。因为我发现，趁我不注意，那只河童偷了我的钢笔。可是，皮肤溜滑的河童轻易抓不到。那只河童也吱溜一下子就挣脱跑掉了，他那像蚊子一样瘦的身体就像要倒了似的摇摇晃晃……

五

　　这个叫拉普的河童对我的照顾不亚于巴古，尤其难忘的是给我介绍了叫特库的河童。特库是河童中的诗人。诗人就要把头发留长，这一点和我们人类一样。为了解闷，我常到特库家去玩。特库总是在狭窄的房间里摆一些盆养的高山植物，写写诗，抽抽烟，过得好像很不错。在他房间的角落里，一只雌河童（特库是个自由恋爱家，所以没有太太）在织着毛衣什么的。特库一看见我就微笑着这么说（当然河童的微笑不太好看，至少当初让我感到恐怖）：

　　"啊，来得正好。来，就坐这把椅子吧。"

　　特库常常讲河童的生活和艺术。据特库的主张，没有比河童的一般生活更莫名其妙的了。父母、子女、夫妇、兄弟都以互相折磨为生活的唯一乐趣，特别是他们的家族制度简直是荒唐之极。有一次特库指着窗外愤愤地说："你瞧，那个蠢劲儿。"

窗外，路上有一只年轻的河童，脖子上吊着连父母在内的七八只河童，上气不接下气地走着。不过我对年轻河童的牺牲精神佩服之至，于是反而夸奖起他的健壮来。

"哼，你也可以在这个国家取得市民资格了……对了，你是社会主义者吧？"

我当然回答说："Qua。（这在河童使用的语言里就是表示'是'的意思。）"

"那么为了一百个平凡人，就甘愿牺牲一个天才喽？"

"那么你是什么主义者呢？有人说特库君的信条是无政府主义呢……"

特库昂然放言道：

"我？我是超人（直译的话应为超河童）。"

这个特库在艺术上自有独特的见解。特库认为，艺术不受任何支配，应是为艺术而艺术，所以艺术家首先必须成为摒弃善恶的超人。当然这并不仅是特库一只河童的见解，特库一伙的诗人们大多持相同看法。实际上，我常和特库一起去超人俱乐部玩。聚集在那里的都是些诗人、小说家、戏曲家、批评家、画家、音乐家、雕刻家、艺术上的业余爱好者，不过他们都是超人。他们在电灯明亮的沙龙里总是愉快地交谈着。有时候他们还满脸得意地表演他们的超人本领。比如一个雕刻家在大盆栽羊齿间抓住一个年轻河童，不住地玩弄同性之爱。另外有一个雌小说家站在桌子上喝了六十瓶苦艾酒，当然喝到第六十瓶的时候，她一下子摔到了桌子底下，突然就往生他界了。

在一个皓月之夜，我和诗人特库挽着胳膊从超人俱乐部回来。特库和往常不同，闷闷不乐，一声不响。我们经过一个透出灯光的小窗子，窗内是夫妇模样的两只河童和他们的孩子两三只小河童，正围着桌子吃晚饭。这时，特库叹着气，突然对我说：

"我自以为是个超人恋爱家，可是看到那种家庭的情景，终究感到羡慕。"

"可是不管怎么说，你不觉得这很矛盾吗？"

但是月光下，特库一直抱着胳膊，盯着那小窗子——盯着其乐融融的五只河童的餐桌。过了一会儿，他答道：

"不管怎么说，那盘炒鸡蛋总归比恋爱更有益于健康。"

六

其实河童的恋爱和我们人类的恋爱大呈异趣。雌河童一旦发现了自己要找的雄河童，立刻不惜采用一切手段去捉那只雄河童。就连最老实的雌河童也会不顾一切地追求雄河童。实际上我就看到过一只雌河童，发疯似的追雄河童。不，这还不算，年轻的雌河童不用说，连她的父母兄弟也一起帮着追。雄河童可就惨了，拼命地到处逃，就算运气好没被抓住，起码也得累得在床上躺两三个月。有一回我在家里读特库的诗集，突然那个叫拉普的学生跑了进来。拉普跌跌撞撞进了我家，一下子倒在我床上，气喘吁吁地说：

"不得了……到底给人抱住了！"

我一下子扔下诗集，把门上了锁。可是从锁眼往外一看，一只脸上涂了硫黄粉的矮个子雌河童还在门外转悠呢。从那天起，拉普在我床上睡了几个星期。这还不算，不知不觉他的嘴巴全烂掉了。

当然雄河童拼命追雌河童的时候也不是没有，可是那也几乎都是雌河童设的圈套，让雄河童不追不行。我也看见过像疯子一样去追雌河童的一只雄河童。雌河童就是在逃跑的时候也会故意停下来，四脚趴在地上。另外，雌河童还会在最佳时机故意装得像是筋疲力尽、无计可施的样子，高高兴兴地束手就擒。我看到的雄河童一抱住雌河童，就会在地上打一会儿滚。等到好容易起来一看，脸上却露出不知是失望还是后悔，反正是形容不出来的可怜表情。不过这还算是好的呢，我看见过一只小雄河童追雌河童，雌河童照例诱惑性地逃跑。这时，一只大雄河童打着响鼻，从街对面走了过来。雌河童一眼看到大雄河童，就尖声叫唤起来："不好了，救命啊！那个河童要杀我呀！"当然大雄河童一下子就抓住了小雄河童，把他按倒在大街正当中。小雄河童长着蹼的手在空中空抓了两三下就死了。而这时，雌河童眉开眼笑，使劲儿搂住了大雄河童的脖子。

我所认识的雄河童都异口同声地说，自己被雌河童追过。当然，就连有妻子的巴古也被追过，而且还被抓到过两三回。只有一个叫马古的哲学家（是诗人特库的邻居）一次都没被抓住过。其中一个原因，大概是因为他奇丑无比；还有一个原因，就是马古一直待在家里，很少上街。我也经常到马古的家里去聊天。马古总是在昏暗的屋子里点着彩色玻璃的方提灯，面对高腿桌子净读些厚厚的书。有一回，我和马古讨论河童的恋爱：

"为什么政府不更加严厉地取缔雌河童追雄河童呢？"

"一个原因是官吏里雌河童少啊。雌河童的嫉妒心比雄河童强得多，所以要是雌河童官吏增加了的话，肯定雄河童就不会被迫得那么惨了。你说为什么？因为官吏同事之间也是雌河童追雄河童呀。"

"那么说，像你这样生活是最幸福的了。"

一听这话，马古离开椅子，抓住我两手，叹着气说：

"你不是我们河童，不明白也很自然。可是有时，我心里倒也盼着让可怕的雌河童追呢。"

七

我还经常和诗人特库一起去听音乐会，不过至今仍忘不了的是第三次去听的音乐会。会场的样子和日本的没什么两样。同样是阶梯式座位，有三四百只雌雄河童，手里都拿着节目单，一心洗耳恭听。我第三次去音乐会时，除了特库和特库的雌河童外，还有哲学家马古，我们坐在最前排。大提琴独奏结束后，一个眼睛小得出奇的河童大大方方地抱着乐谱走上舞台。正如节目单上介绍的，是著名作曲家库拉巴库。正如节目单上介绍的——不，根本就不用看节目单，库拉巴库是特库所属的超人俱乐部的会员，我见过他。"Lied——Craback（歌曲——库拉巴库）"。（这个国家的节目单大体都是用德语。）

在热烈的掌声中，库拉巴库朝我们略施一礼，缓步走向钢琴，接着很自然地弹起了自作的歌曲。据特库说，库拉巴库是这个国家出生的空前绝后的天才音乐家。我不仅喜欢他的音乐，也喜欢他的余技——抒情诗，所以以热心地倾听着台式钢琴奏出的音乐。特库和马古的陶醉劲儿大约更胜我一筹，但是，只有那个漂亮的（至少在河童们看来）雌河童紧紧地攥着节目单，经常好像很焦躁似的吐出长舌头。据马古说，这是因为她十来年前没能抓住库拉巴库的缘故，到现在还把这个音乐家当成眼中钉呢。

库拉巴库全身热情洋溢，就像战栗似的继续弹着钢琴。这时会场里突然霹雳般响起一声："禁止演奏！"这声音吓了我一跳，不由得回过头去。发出喊声的不是别人，就是坐在最后一排的大个子警察。我回头的时候，那个警察依旧悠然自得地坐在位子上，又吼了一声："禁止演奏！"声音比刚才还大，然后……

然后全场大乱。"警察无礼！""库拉巴库，接着弹，接着弹！""混蛋！""畜生！""滚出去！""别认输！"各种声音轰然而起，椅子倒地，节目单乱飞，也不知是谁扔的空汽水瓶和石头、啃过的黄瓜也从天而降。我目瞪口呆，想问问特库是怎么回事。可是特库看起来也非常激动，站在椅子上连声喊着："库拉巴库，接着弹，接着弹！"而特库的雌河童这时好像忘记了敌意，也喊起"警察不讲理"，劲头儿一点儿也不比特库差。我只好问马古："怎么回事？"

"你说这个吗？这是这个国家常发生的事。本来绘画啦，文艺啦……"

马古一看见有东西飞过来就一边缩头，一边仍然平静地解释着：

"本来绘画啦，文艺啦，究竟表现了什么，谁都一目了然，这些在这个国家里是绝对不会禁止出售或禁止展览的。但是只有音乐，却要禁止演奏，因为无论怎样败坏风俗的乐曲，没有耳朵的河童也是听不懂的。"

"可是那个警察有耳朵吗？"

"是啊，这可是个问题呀。大概听到这首乐曲旋律的时候，想起了和太太睡觉时心脏的跳动吧。"

说话的工夫，场子里乱得愈发不可收拾了。库拉巴库在钢琴前傲然地把头转向了我们。但是，不管他有多傲然，各种东西飞过来的时候，终究不得不躲一下。所以，每隔两三秒钟，他的姿势就得变一次。不过库拉巴库大体上还能保持大音乐家的威严，小眼睛炯炯有神。我——为了躲避危险，当然就把特库当成了挡箭牌。但是，我仍然被好奇心所驱使，兴致勃勃地和马古聊着。

"这种检查不是太粗暴了吗？"

"哪儿的话，这比哪个国家的检查都先进得多呢。比如就说 XX 吧，实际上在一个月前……"

刚要说下去，偏巧一个空瓶子掉在马古的头顶上，他只叫了一声"quack（这只是个惊叹词）"，就昏了过去。

八

我对玻璃公司的老板盖鲁很有好感，真是奇怪。盖鲁是资本家中的资本家。恐怕这个国家的河童里，没有哪只河童的肚子像盖鲁的那么大。不过，貌似荔枝的太太和形如黄瓜的孩子伴在他的左右，他坐在安乐椅上几乎就是幸福的化身。法官佩普和医生查克常带我到盖鲁家去吃晚饭。我还拿着盖鲁的介绍信，去参观过与盖鲁和盖鲁的朋友多少有点儿关系的各种工厂。

其中我觉得特别有意思的是书籍制造公司的工厂。我和年轻的河童技师一起走进工厂，看到以水力发电为动力的巨大机械时，不禁惊叹河童国机械工业的进步。听说在这座工厂里一年可以印刷七百万册书。不过更让我吃惊的是制造这么多的书并不需要多少人手。在这个国家里制造书籍只要往机械的漏斗形进口里加进纸、油墨和灰色的粉末就行了。原料进入机械后，不需五分钟就变成大三十二开、三十二开和大六十四开各种开本的无数本书出来。我看着像瀑布一样从机器里流出来的书，向挺着胸脯的河童技师打听那灰色的粉末是什么。这个河童技师站在黑亮的机器前不屑地这样回答：

"你问这个呀？这是驴的脑髓[1]。嗯，干燥后弄成粉末就成了。时价是一吨两三分钱。"

不用说，这种工业上的奇迹不仅出现在书籍制造公司，同样也出现在绘画制造公司和音乐制造公司。实际上据盖鲁说，这个国家平均每个月发明七八百种机器，任何方面都可以不用人工而迅速大量生产，因此，解雇的河童职工不下

1　喻为愚蠢。

四五万只。虽说如此，每天早上看报却从来没看见过罢工这个字眼。我觉得奇怪，一次我借应邀和佩普、查克一道到盖鲁家去吃晚饭的机会，向他们打听是怎么回事。

"全给吃掉了。"

饭后，盖鲁嘴上叼着雪茄烟，毫无顾忌地说。他说的"吃掉了"是什么意思，我不明白。戴夹鼻眼镜的查克似乎觉察到了我的疑惑，从旁解释道：

"把这些职工都杀了，肉就用于食品。你看这张报纸，这个月有六万四千七百六十九只河童给解雇了，所以肉价也就相应地降了。"

"那些职工就啥也不说，任人杀吗？"

"闹也没用，因为有职工屠杀法呀。"

说这话的是坐在盆栽杨梅后面表情沉重的佩普。我当然也感到不快。可是，不用说主人盖鲁，就是佩普和查克似乎也都觉得这是理所当然的事。这时，查克笑着像嘲弄似的对我说：

"这就是说国家给免去了饿死或自杀这些麻

烦。只不过让他们闻闻毒气而已，没多大痛苦。"

"可是所说的吃那些肉……"

"别开玩笑了，要是让马古听到的话，准会哈哈大笑。在你的国家里，第四阶层[1]的姑娘不是也去当妓女吗？你听说吃职工的肉就愤慨，这是感伤主义呀。"

听了这些问答的盖鲁把身边桌子上的三明治盘子推向我们，满不在乎地说：

"怎么样，来一块吧？这也是职工的肉做的。"

我当然拒绝了。不，这还不算，我飞跑出客厅，把佩普和查克甩在了身后。这时正好是在各家的上空连星星都看不到的荒凉的晚上。我在一片黑暗中回到住处，不住地呕吐起来。即便是在黑夜也能看得出，吐出的东西白花花的。

---

1 指贫民、工人阶层等。

九

不过，玻璃公司的老板盖鲁的确是个讨人喜欢的河童。我经常和盖鲁一起去盖鲁所属的俱乐部，过个愉快的夜晚。在这个俱乐部，远比那个超人俱乐部感觉舒服。另外盖鲁说的话虽然不像哲学家马古的话那样有深意，但是却能让我窥探一个崭新的世界——广阔的世界。盖鲁总是用纯金的勺子搅动杯子里的咖啡，快活地聊着各种各样的话题。

一个大雾的晚上，隔着插有冬蔷薇的花瓶，我听着盖鲁谈天。记得盖鲁的房间整体上就不用说了，椅子和桌子全漆成白色，镶着细金边，房间是直线风格的。盖鲁比平时显得更得意，脸上堆满了微笑，正讲着目前取得天下的 Quorax 党内阁的事。这个"库奥拉库斯"是个没有意思的语气词，只能译成"哎呀"。不管怎么说，这个党首先是个标榜代表"全体河童利益"的政党。

"主宰库奥拉库斯党的是著名的政治家劳佩。

'诚信是最好的外交'这句话是俾斯麦说的吧？不过劳佩把诚信也用于国家内政上了……"

"但是劳佩的演说……"

"好，你听我说。那个演说当然全是假话，不过，既然人人知道是假话，其结果和诚信也是一样的。把那些话一概都当作假话是你们才有的偏见。我们河童像你们……不过这也无所谓，我想说的是劳佩的事。劳佩主宰着库奥拉库斯党，而支配劳佩的是 Pou-Fou 报社（'普·夫'这个词也是一个语气词，如果硬要翻译的话，就只能译成'啊啊'了）的社长库伊库伊。不过，库伊库伊也并不是自己的主人，指挥库伊库伊的是坐在你眼前的盖鲁。"

"可是——我这样问可能很不礼貌，《普·夫报》不是为工人说话的报纸吗？你说它的社长库伊库伊受你的指挥……"

"《普·夫报》的记者当然是为工人说话的。可是指挥记者的却只有库伊库伊，而且库伊库伊又不能不接受我盖鲁的援助。"

盖鲁仍然微笑着，手里玩弄着纯金的勺子。现在看着盖鲁，比起憎恨他来，我心里更同情《普·夫报》的记者。这时盖鲁看我不作声，看样子明白了我的同情，他挺起大肚子说：

"其实《普·夫报》的记者也不是全都为工人说话的，至少我们河童在为他人说话前，首先要保护好自己……更糟糕的是，我盖鲁本人还是要受到他人的支配呢。你以为那是谁？就是我太太呀，就是漂亮的盖鲁夫人啊。"

接着盖鲁大笑了起来。

"这应该说很幸福吧。"

"反正我挺满意。不，这只是在你面前 ——只在不是河童的你面前，我才能毫不顾忌地说说大话。"

"那就是说盖鲁太太支配着库奥拉库斯内阁喽？"

"这个嘛，也可以这么说……但是七年前的战争确实是为了一只雌河童引起的。"

"战争？这个国家也打过仗吗？"

"当然打过。将来也不知道什么时候还会发生战争，只要有邻国……"

实际上我到现在才第一次知道河童国并不是一个孤立的国家。听盖鲁介绍，河童国一直在以水獭为假想敌，而且水獭也拥有不劣于河童国的军事装备。我对河童国以水獭为敌的战争非常感兴趣。（河童有强敌水獭这事是一个新发现，不仅《水虎考略》的作者不知道，就是《山鸟民谭集》的作者柳田国男可能也不知道。）

"那场战争爆发前，两国都毫不松懈地窥伺对方，因为两国彼此都怕对方。可是就在这时，一只住在这个国家的水獭，去访问一对河童夫妇。而这只雌河童原打算把自己的丈夫杀了，因为这个丈夫只知道吃喝玩乐。另外他还买了人寿保险，这一点大概是很有诱惑力的。"

"你认识这对夫妇吗？"

"啊——不，只认识那只雄河童。我太太说那雄河童是个坏蛋。可是要是让我说的话，与其说他是坏蛋，还不如说他是个被害妄想型疯子，就怕被雌河童抓住……于是那只雌河童在她丈夫的可可杯子里放了氰化钾，可是不知怎么弄错了，竟叫客人水獭喝了下去，当然水獭死了。然后……"

"然后就打仗了？"

"对，因为不巧那只水獭是得过勋章的。"

"哪边赢了呢？"

"当然是我们国家赢了。三十六万九千五百只河童为了那场战争英勇地战死了。不过，比起敌国来，这点儿损失算不了什么。这个国家里的毛皮基本上都是水獭皮。在战争期间，除了造玻璃之外，我还往战场上运煤渣。"

"运煤渣干什么？"

"当然是当粮食了。我们河童只要饿了，什么都能吃。"

"可是——我这么说请别生气，给在战场上的河童们……这要是在我们国家里，可是件丑闻呢。"

"在我们国家肯定也是丑闻。可是只要我们自己说出来，谁都不当成丑闻。哲学家马古不是说过吗：'汝之恶，汝自言之，恶自灭之。'……而且我除了谋利之外，还有拳拳爱国之心呀。"

这时刚好俱乐部的侍者进来了。侍者对盖鲁行了礼后，就像朗读一样说：

"尊府的邻居家失火了。"

"失……失火了？"

盖鲁吃惊地站了起来，当然我也站起来了。但是，侍者不慌不忙又补充道：

"不过已经扑灭了。"

盖鲁目送着侍者，脸上露出一副又哭又笑的表情。看着这张脸，我才发现，不知从什么时候开始，已经恨起这个玻璃公司的老板来了。但是，盖鲁现在站在这里，既不是大资本家也不是其他的什么身份，只是普通一河童而已。我抽出花瓶里的冬蔷薇，递给盖鲁。

"虽说火灭了，尊夫人大概吓坏了吧。来，拿着这个回去吧。"

"谢谢。"

盖鲁握了握我的手，突然一咧嘴笑了，他小声对我说：

"邻居是借的我的房子，我至少可以得到火灾保险赔偿金了。"

我到现在还清清楚楚地记得那个时候盖鲁的微笑——那无法让我轻蔑也无法让我愤怒的微笑。

十

"怎么啦？怎么今天又闷闷不乐的？"

那是火灾的第二天。我叼着香烟问坐在客厅椅子上的学生拉普。拉普把左腿放在右腿上，无精打采地低头朝地板上看，连那张烂嘴都看不见了。

"拉普君，我问你怎么啦？"

"没什么。算了，都是些无聊的事……"

拉普好容易抬起头，说起话来带着伤心的

鼻音。

"今天我一边往窗外看，一边漫不经心地嘴里嘟囔着'哎呀，捕虫堇开花了'。我妹妹一听就变了脸色，对我发了一通脾气：'我就是捕虫堇，怎么啦！'这还不算，我妈又老向着我妹妹，也把我骂了一顿。"

"你说了句'捕虫堇开花了'，怎么就让你妹妹不高兴了呢？"

"嗨，大概是领会成抓着雄河童的意思吧。这还不算，一直和我妈关系不好的婶婶也来蹚浑水，这下闹得更凶了。一年到头喝得醉醺醺的爸爸听到吵架，不由分说，逮着谁打谁。正闹得不可开交的时候，我弟弟又趁机偷了我妈的钱包去看电影了。我……我实在是……"

拉普两只手捂着脸，不再言语，哭了起来。我当然很同情他，同时自然而然想起诗人特库对家族制度的轻蔑来。我拍着拉普的肩膀说：

"这种事到哪儿都多的是。算了，还是打起精神来。"

"可是……可是要是我的嘴没烂……"

"你只好想开些。走，咱们到特库君家去吧。"

"特库看不起我，因为我不能像他那样大胆地把家庭抛掉。"

"那就去库拉巴库家吧。"

从那场音乐会以后，我和库拉巴库也成了朋友，于是就带着拉普到库拉巴库家去了。库拉巴库比起特库来，日子过得奢侈多了，但是这并不是说他过得像资本家盖鲁一样。他的屋子里全是古董——塔纳格拉[1]的陶俑和波斯的陶器。屋里摆着土耳其式的躺椅，库拉巴库总是在自己的肖像画下和孩子们一起玩耍。可是，今天不知为什么，库拉巴库两只胳膊抱在胸前，阴沉着脸坐着，脚下撒满纸屑。拉普好像和诗人特库经常到这儿来见库拉巴库，可是这回一看见这个样子，他恭恭敬敬地打了招呼后，就悄悄地到墙角坐下了。

---

1 古希腊的城市，以陶俑出名。

"怎么啦，库拉巴库君？"

我用这句问话代替了对大音乐家的问候。

"怎么啦？你看这些笨蛋批评家！居然说我的抒情诗比不上特库的抒情诗！"

"可你是音乐家呀，再说……"

"要是只说这个我也就忍了。他们还说我和劳库比，根本配不上音乐家这个称号。"

劳库是常常被拿来和库拉巴库相比的音乐家。因为他不是超人俱乐部的会员，我从来没和他说过话。当然从照片上倒是经常看到他那嘴唇上翻、很有特色的脸。

"劳库当然也是天才。可是劳库的音乐，不像你的音乐那样，充满现代热情。"

"你真这样认为？"

"当然是这样想的了。"

于是，库拉巴库猛地站起来，顺手抓起塔纳格拉陶俑就摔到地板上。拉普看上去吓得够呛，喊了一声就要逃跑。但是库拉巴库朝我和拉普作了一个"不要怕"的手势，冷冷地说：

"这是因为你也像那些俗人一样没长耳朵。我怕劳库……"

"你？别装谦虚了。"

"谁装谦虚了？第一，要是我在你们面前装谦虚的话，还不如在批评家面前装谦虚呢。我——库拉巴库是天才。在这点上我不怕劳库。"

"那你怕什么呢？"

"怕那不可知的东西——就是说怕支配劳库的星星。"

"我实在不懂。"

"我这么说你就该懂了。劳库没受我的影响，可我却不知从什么时候起受到他的影响。"

"那是你的感受力……"

"好，你听着。不是感受力的问题。劳库总能静下心来做只有他才能做的工作，可是我，老是坐立不安。这在劳库看来也许只是一步之差，但在我，却觉得有十里之遥。"

"但是你的《英雄曲》……"

库拉巴库的小眼睛眯得更小了，怒气冲冲地

瞪着拉普。

"住嘴,你懂什么?我了解劳库,比对劳库俯首帖耳的那些狗奴才更了解劳库。"

"算了,稍微冷静一点儿。"

"要是能冷静的话……我常这样想……我们所不知道的什么东西为了嘲弄我 —— 为了嘲弄库拉巴库,把劳库摆到我面前。哲学家马古对这种事了如指掌,别看他总是在彩色玻璃方提灯下看旧书。"

"为什么?"

"你看看马古最近写的《阿呆的话》吧。"

库拉巴库递给我一本书 —— 应该说是扔给我一本书,然后又抱起胳膊,没好气地说:

"那么今天就失陪了。"

我和垂头丧气的拉普一起又走在大街上。拥挤的大街两侧,山毛榉树下仍有很多店铺。我们什么也没说,只是默默地走着,这时忽然碰上了头发长长的诗人特库。特库一看到我们,就从腰上的口袋掏出手绢来,擦了好几遍脸。

"呀，久违了。今天我想去看看好久没见的库拉巴库……"

我心里想，让两个艺术家吵架不太好，就婉转地把库拉巴库非常不高兴的事讲了。

"是吗？那就算了吧。库拉巴库是因为神经衰弱……其实我也两三个星期没睡好，真是受不了。"

"怎么样，和我们一起散散步吧？"

"不，今天算了。哎呀！"

特库喊了一声，突然使劲攥住我的手腕子，浑身冒着冷汗。

"怎么啦？"

"您怎么啦？"

"我好像看见一只绿色的猴子从那辆汽车的窗子里伸出脑袋。"

我有点儿不放心，就劝他到查克医生那儿去看看。可是不管怎么劝，特库非但毫无听劝的意思，还怀疑地来回打量我们，竟然说出这样的话：

"我绝对不是无政府主义者，这一点请一定不要忘记。——再见吧,查克那儿我绝对不去。"

我们呆呆地站在那里,看着特库的背影。我们——不,不是"我们"了。那个学生拉普不知什么时候跑到了大街中间,叉着两腿低着头,从两腿间往身后看。我心想,这只河童也疯了,吓得把拉普拉了起来。

"别胡闹!你要干什么?"

可是想不到拉普揉着眼睛,特别沉稳地回答着:

"没什么,只是太闷得慌了,想倒着看看这个社会,结果还是一个样。"

十一

下面是哲学家马古写的《阿呆的话》里的几段:

阿呆总以为除他以外,人人都是阿呆。

我们之所以爱大自然，或许是因为大自然既不憎恨也不嫉妒我们。

最聪明的生活乃是蔑视一个时代的习俗，生活中却又毫不破坏习俗。

我们最想引以为自豪的东西，恰恰是我们所没有的。

并非人人都对破坏偶像持有异议。亦非人人对成为偶像持有异议。然而，能安坐于偶像台座上的，乃是最受神之恩惠者——阿呆、坏蛋或者英雄。（库拉巴库在这页上留下了指甲印。）

我们生活所必需之思想，或许三千年前即已枯竭。我们现在唯有予旧柴添新焰而已。

我们的特色是经常超越我们自身的意识。

如果幸福伴随痛苦，平和伴随怠倦的话……

为自己辩护比为别人辩护更难。有怀疑者，请看律师……

虚骄、爱欲、疑惑——三千年来一切罪恶都源自这三者。同时，一切德行恐怕也皆源于此。

减少对物质的欲望未必会带来和平。为了获

得和平，我们亦应减少精神上的欲望。（库拉巴库在这页上也留下了指甲印。）

我们比人类更加不幸。人类不如河童这样进化。（我看到这章的时候不禁笑了出来。）

欲成一事，必能成之；能成之事，必将成之。吾人之生活终究无法脱离此循环法则 —— 即在不合理中往复始终。

波德莱尔成为白痴之后，仅用一词表达其人生观 —— 女阴。但仅此一词却未能表现其自身。毋宁说他自恃其天才 —— 足以维持其生活的诗才，使他忘记了胃囊一词。（这章也有库拉巴库留下的指甲印。）

理性贯彻始终，我们必当否定自我的存在。视理性为神明的伏尔泰幸福地终其一生，即说明了人不如河童进化。

十二

一个较冷的下午，《阿呆的话》我已看得厌倦，便出门探望哲学家马古。在一个冷清的街角，我看见一只瘦得像蚊子的河童无精打采地靠在墙上。没错，就是上次偷我钢笔的那只河童。我想这下可好了，就叫住刚好从这儿过路的一个魁梧的巡警。

"请您盘问一下那只河童，一个月前他偷了我的钢笔。"

巡警举起右手拿的棍子（这个国家的巡警不带刀，只拿水松木做的棍子。）对那只河童喊道："嘿，喊你呢。"我以为那只河童或许会逃跑，但是，没想到他竟沉着地走到巡警跟前，还把胳膊抱在胸前，傲慢地紧盯着我和巡警。可是巡警并不生气，从口袋里掏出本子，马上就盘问起来：

"你的名字？"

"古鲁克。"

"职业？"

162

"直到两三天前还在干邮递员。"

"好了。现在根据这个人的申诉，你是不是偷了他的钢笔？"

"是，一个月前偷的。"

"为什么？"

"我想给孩子当玩具。"

巡警这时目光严厉地看着那只河童。

"孩子呢？"

"一个星期前死了。"

"你带着死亡证明书吗？"

瘦河童从口袋里掏出一张纸，巡警看了看那张纸，忽然笑眯眯地拍着瘦河童的肩膀说：

"行了，你辛苦了。"

我看得目瞪口呆，直盯着巡警的脸。而那只瘦河童这时嘴里嘟囔着什么，已经把我们甩在身后走了。我好容易回过神来，就问那个巡警：

"你为什么不抓住那只河童呢？"

"他没有罪……"

"可是他偷了我的钢笔……"

"他不是为了给孩子当玩具吗？而那孩子死了。要是有什么不明白的，请查刑法第一千二百八十五条。"

巡警说完后，就快步走掉了。我没有办法，只好嘴里反复念叨着"刑法第一千二百八十五条"，急急忙忙到马古家去了。哲学家马古很好客，今天在昏暗的客厅里聚集了法官佩普、医生查克、玻璃公司的老板盖鲁等，彩色玻璃方提灯下腾起了香烟的烟雾。这时法官佩普在场对我来说实在是再好不过了。我一坐在椅子上，也来不及查刑法第一千二百八十五条，就迫不及待地朝法官佩普打听：

"佩普君，请原谅我的问题很失礼，难道贵国不处罚犯人吗？"

佩普先悠然吸了一口带金色烟嘴的香烟，然后像是很不以为然的样子回答说：

"当然要处罚了，还有死刑呢。"

"可是我一个月前……"

我详细讲了原委后，才问起了刑法第

一千二百八十五条。

"嗯，这条是这么回事——'无论犯何种罪行，使之犯罪之事情消失后，便不得再处罚该犯罪者。'就你的事情来说，那只河童虽然曾经是父亲，但现在已经不是父亲了，所以所犯的罪自然也就消失了。"

"这个实在有点儿不合理。"

"别开玩笑了，把曾经是父亲看作现在是父亲才不合理呢。日本的法律上是看作一样的，这在我们看来实在是滑稽。哈哈哈哈哈……"

佩普把香烟扔下，有气无力地笑着。这时候和法律不太沾边的查克说话了。查克先推了推夹鼻眼镜，然后问我：

"日本也有死刑吗？"

"当然有了，在日本是判绞刑。"

我对态度傲慢的佩普有些反感，就借机想挖苦他一下：

"这个国家的死刑比日本的要文明吗？"

"那当然文明了。"

佩普仍然很沉着。

"在这个国家里不用绞刑，有时也用电刑，但是大体上不用。我们只是把罪名念给罪犯听就行了。"

"这样河童就死了吗？"

"当然死了。因为我们河童的神经作用比你们的微妙多了。"

"不光是死刑，杀人时也用这一手……"

老板盖鲁在彩色玻璃灯的光线里脸成了紫色，露出亲切和蔼的笑容。

"最近一个社会主义者说我，'你这个家伙是小偷'，结果被说得心脏都麻痹了。"

"这种事没想到还挺多的，我认识的一个律师也是为了这个死的。"

我回头看了看插话的河童——哲学家马古。马古仍然像平时一样脸上露出讽刺的微笑，眼睛谁也不看，只顾自己说。

"有个河童不知被谁说是青蛙——当然这可能你也知道，在这个国家里，被说是青蛙就等于你们说的不是人的意思。——我是青蛙？不是青蛙？每天就想这个，最后就死了。"

"这其实是自杀呀。"

"说那只河童是青蛙当然是打算杀死他才说的了。在你们看来，这也叫自杀……"

就在马古说到这儿的时候，突然这间房间的墙那边——就是诗人特库的家里响起了一声尖锐的枪声，响声震得空气都颤抖了起来。

十三

我们急忙冲进了特库的家里，只见特库右手拿着手枪，从头上的窝里冒出了血，仰面倒在了栽高山植物的花盆中间。他身边一只雌河童把脸埋在特库的胸口，大声哭着。我抱起雌河童（其实我实在不喜欢用手碰河童那滑溜溜的皮肤），问："怎么回事？""我也不知道怎么了。他正在写什么东西，突然抄起手枪就朝自己的头开了一枪。

qur-r-r-r，qur-r-r-r（这是河童的哭声）。"

"这个特库君也太任性了。"

玻璃公司老板盖鲁悲伤地摇着头，对法官佩普说。但佩普没有应声，只是给金嘴香烟点着火。这时一直跪在地下察看特库伤口的查克完全是一副医生的派头，向我们五个人宣布（实际上只有一个人和四只河童）：

"已经不行了。特库君原来就有胃病，这个病也很容易导致忧郁症。"

"听说他在写什么……"

哲学家马古像在辩解似的自言自语着，把桌子上那张纸拿了起来。我们都伸着脖子（当然我是例外），隔着马古的宽肩膀看着那张纸。

别了，我走了！
走向那隔绝尘世的山谷，
走向那岩石陡峭，溪水清澈，
药草花香的山谷。

马古回头看看我们，微微苦笑着说：

"这是剽窃歌德的《迷娘之歌》。这么说来，特库自杀是因为作为诗人已经疲倦了。"

这时音乐家库拉巴库偶然坐着汽车过来了。库拉巴库一看见这种光景，在门口站了一会儿之后，走到我们面前，怒气冲冲地对马古说：

"这是特库的遗书吗？"

"不是，是他最后写的诗。"

"诗？"

仍然不动声色的马古把特库的诗稿递给了怒气冲冲的库拉巴库。库拉巴库目不旁视地认真看了那篇诗稿，还是不回答马古。

"别了……我亦不知何时死亡。走向那隔绝尘世的山谷……"

"不过你也是特库的生前好友吧？"

"好友？特库任何时候都是孤独的。走向隔绝尘世的山谷……只是特库太不幸了……岩石陡峭……"

"太不幸了？"

"溪水清澈……你们是幸福的……岩石陡峭……"

我特别同情哭声不绝的雌河童，就轻轻抱着雌河童的肩膀，把她带到房间角落的沙发上坐好。有一只两三岁的小河童什么都不知道，还在那里笑着，我就替雌河童哄着那只小河童。我在河童国里居住，要说流泪，前后也只有这一回。

"可是和这样任性的河童在一起，家属可是真够呛啊。"

"因为他也不考虑将来的事啊。"

法官佩普一边又点上了一支新香烟，一边回答着资本家盖鲁。这时音乐家库拉巴库的大声喊叫让我们吃了一惊。库拉巴库手里攥着诗稿，也不知道是对谁喊叫着：

"这下可好了，了不起的送葬曲完成了。"

库拉巴库细小的眼睛闪耀着光，轻轻握了一下马古的手，突然朝门口飞奔而去。当然这时一大群邻近的河童都聚集到了特库家门前，很稀奇似的往房子里面张望。但是库拉巴库不顾一切地把这些河童往左右两边推开，一下子跳上了汽车。差不多是同时，汽车发出轰鸣，一溜烟儿就开得不见踪影了。

"嘿，嘿，别在这儿东张西望的。"

法官佩普代替巡查把一大群河童推出去之后，把特库家的大门关上了。大概是因为这个原因，房间里一下子变得静悄悄的。我们在这种安静里——在混合着高山植物的花香和特库的血腥气当中，商量着后事的安排。可是只有那个哲学家马古一直盯着特库的尸体，呆呆地在思考着什么。我拍拍马古的肩膀问他："在想什么呢？"

"我在想河童的生活呀。"

"河童的生活怎么啦？"

"我们河童无论如何为了维持生活……"

马古好像不太好意思地小声补充了一句：

"总之，还要相信我们河童以外的某种力量。"

十四

让我想起宗教的就是马古的这番话。我当然是个物质主义者，所以从来没有认真地想过宗教的问题。这时因特库的死受到某种感动，于是我就考虑起河童的宗教是怎么一回事来了。我马上向学生拉普打听这个问题。

"我们也信仰基督教、佛教、伊斯兰教、拜火教，但是其中势力最大的要数近代教了。近代教也叫作生活教。"（"生活教"这个译法也许不准确。这个词的原文是 Quemoocha。cha 大约相当于英语的 ism〔主义〕吧。Quemoo 是 Quemal 的译语，比"生活"意思要广，有吃饭、喝酒、性交的意思。）

"那么这个国家里也有教堂啦，寺院什么的喽？"

"别开玩笑了，近代教的大寺院可是这个国家的第一大建筑啊。怎么样，去看看？"

在一个暖洋洋的阴天午后，拉普得意地和我

一起去大寺院。这的确是有尼古拉伊教堂[1]十倍大的大建筑，而且还是把所有的建筑样式结合在一起的大建筑。我站在这座大寺院前看高塔和圆屋顶的时候，体会到了一种可怕的感觉。实际上这些东西看上去就像无数伸向天空的触手一样。我们站在大门前（比起大门来我们不知有多渺小），抬头仰望着这座稀世少有的大寺院，与其说这是建筑其实更像是大得怕人的怪物。

大寺院的内部也相当大。那耸立着科林斯式的圆柱大厅里有几个来拜谒的人走着，可是他们看上去和我们一样都十分渺小。这时碰见了一只弯腰河童，于是拉普对这只河童低了低头，然后恭敬地说：

"长老，您还是那么健康，真太好了。"

那只河童也施了礼后，同样客气地回答：

"这不是拉普先生吗？你也照样——（他刚说到这儿话就接不上了，大概这时才注意到拉普

---

1 俄国东正教传教士尼古拉伊于 1891 年在东京修建的教堂。

的嘴烂了。）啊，反正身体还挺结实的嘛。可是，今天怎么……"

"我今天是陪这位来的，这位大概您也知道……"

接着拉普就滔滔不绝地介绍起我来。这大概也算是拉普对不常来大寺院的一种辩解吧。

"那么顺便还想请您帮忙当当向导。"

长老宽宏大量地笑着和我打了招呼，然后手指着正面的祭坛说：

"其实我当向导对你也不会有多少帮助。我们的信徒礼拜的是正面祭坛上的'生命之树'。正如你看到的，'生命之树'上有金色和绿色的果实。那个金色的果实叫'善果'，那个绿色的果实叫'恶果'……"

在介绍的过程中我已经感到不耐烦了，长老热心的介绍听起来就像是陈腐的比喻。我当然要装出认真听的样子，但是也没忘记不时地朝大寺院的内部偷偷瞄一眼。

科林斯式的圆柱、哥特式的穹窿、阿拉伯式

的方格花纹、仿直线式的祈祷桌——这些东西所形成的协调性具有一种奇妙的野性美。但是牵动我视线的是两边壁龛上的大理石半身像。我好像觉得认识这些像,这也没什么不可思议的。那个弯腰河童讲完"生命之树"后,跟我和拉普一起走近右侧的壁龛,这样介绍着壁龛里的半身像:

"这是我们的圣徒之一……是反叛一切的圣徒斯特林堡。这个圣徒受了很多苦,最后据说为斯威登堡的哲学所拯救。但是,实际上他并没被拯救。这个圣徒同我们一样,只信仰生活教——应该说他只有信仰生活教别无他法。请读一下这个圣徒为我们留下的《传说》这本书。他自己也承认,他是个自杀未遂者。"

我感到抑郁,眼睛转向下一座壁龛。壁龛里的半身像是个留着胡子的德国人。"这是《查拉图斯特拉如是说》的作者诗人尼采,这个圣徒向自己创造出来的超人求救,却没获救而成了疯子。要是他没成疯子,或许也就不能加入圣徒之列了……"

长老沉默了一下,把我们带到第三座壁

龛前：

"第三位是托尔斯泰。这个圣徒比任何人都要坚持苦行，因为他原来是贵族，不愿意让公众看到他受苦。这个圣徒努力去相信事实上难以为人相信的基督，他甚至还公开宣布自己相信基督。可是到了晚年，他终于无法忍受做一个悲壮的撒谎者。这个圣徒经常对书房的房梁感到恐惧，这个故事很有名。不过他既然入了圣徒之列，当然不是自杀的。"

第四个壁龛里的半身像是我们日本人中的一个。看到这个日本人的脸时，我确实感到亲切。

"这是国木田独步，一位诗人，很了解被轧死的搬运工的心情，不过你恐怕并不需要更详细的说明了。那么就请看第五个壁龛——"

"这不是瓦格纳吗？"

"对，他是革命家，曾经是国王的朋友。圣徒瓦格纳在晚年的时候甚至吃饭前还要祈祷。不过比起基督教来他当然更是个生活教徒。从瓦格纳留下的信来看，人间的痛苦不知有多少次把他赶向死神。"

我们这时已经站在第六座壁龛前了。

"这是圣徒斯特林堡的朋友，是从商人改行的法国画家。他抛弃了和他生育有很多孩子的太太，却娶了一个十三四岁的塔希提[1]女孩儿。这个圣徒的粗血管里流淌着水手的血液，不过，请看他的厚嘴唇，还留着砒霜还是其他什么东西的痕迹。第七个壁龛里的是……你大概累了吧？那么请到那边去。"

实际上我真累了，就和拉普一起跟着长老顺着散发着焚香气味的走廊，进了一个房间。小房间的角落里，一座黑色维纳斯像下供着一串山葡萄。在我想象的僧房里不会有任何装饰，所以略感意外。长老从我的表情上大概看出我的心思，还没让我们坐下就半同情似的解释说：

"请不要忘记，我们信奉的是生活教，我们的神——'生命之树'的教诲是'生机勃勃地生活'，

----

1 塞舌尔群岛中的一个岛。

所以……拉普先生，你让这位先生看我们的圣经了吗？"

"没有……其实我自己也没怎么看过。"

拉普搔着自己头上的窝，如实地回答。不过，长老仍然平静地笑着说：

"那你就不会明白了。我们的神在一天之内创造了这个世界。（'生命之树'虽说是树，但却无所不能。）另外还创造出了雌河童。可是雌河童觉得太寂寞了，于是就希望有雄河童出现。我们的神很能理解雌河童的这个愿望，就取出雌河童的脑浆造出了雄河童。我们的神对两只河童祝福说：'吃吧，交欢吧，生机勃勃地生活吧。'……"

我听着长老的话，想起诗人特库。很不幸，他和我一样同为无神论者。我不是河童，所以不知道生活教也情有可原，但是生在河童国家的特库当然应该知道"生命之树"。我对没有遵从这种宗教教义的特库的结局感到怜惜，所以就岔开了长老的话，谈起特库的事。

"啊，是那个可怜的诗人啊？"

长老听了我的话，长长地叹了一口气。

"决定我们命运的是信仰、境遇和偶然。（当然，你们除此之外或许还要加上遗传。）很不幸特库先生没有自己的信仰。"

"特库很羡慕你吧？我也很羡慕。拉普君还年轻……"

"我的嘴要是好好的话，也许会很乐观。"

给我们这样一说，长老又深深叹了一口气，热泪盈眶地盯着黑色的维纳斯像一动不动。

"我实际上——这是我的秘密，请对谁都不要讲——我实际上也并不相信我们的神，总有一天，我的祈祷……"

就在长老说到这儿的时候，突然房间的门开了，一只大雌河童猛地扑向长老。我们当然想把雌河童抱住，可是雌河童转眼间就把长老摔在地上。

"你这个老东西，今天又从我的钱包里偷了一杯酒钱！"

十分钟后，我们把长老夫妇留在房间里，逃

也似的出了大寺院的大门。

"看起来，那个长老也不会信仰'生命之树'啊。"

默默地走了一会儿后，拉普跟我这样说了一句。我没回答，不由得回头看着大寺院。在阴沉的天空下，这座大寺院的高塔和圆屋顶看上去还是像无数触手一样伸向天空，笼罩着一种恐怖的气氛，如同沙漠的天空中出现的海市蜃楼一般。

十五

差不多过了一个星期，我忽然从医生查克那里听到一件稀奇事，说是特库家里在闹鬼。雌河童这时已经躲到外头去了，我们这位诗人朋友的家已变成照相师的摄影室了。听查克说，在这间摄影室照相的话，特库朦朦胧胧的影子总会出现在客人的背后。当然，查克是物质主义者，并不相信什么死后的生命。

实际上他讲这件事的时候，脸上还露出恶意的微笑，并加以解释："看来鬼魂也是物质的存在呀。"我虽然不相信鬼魂，这一点和查克差不多，但是我对诗人特库有好感，所以马上跑到书店，买来一些刊有关于特库幽灵报道和幽灵照片的报纸和杂志。那些照片上确有一只像特库的河童，隐隐约约出现在男男女女老老少少的河童身后，不过最让我感到惊奇的不是特库幽灵的照片，而是有关的报道——特别是心灵学协会的报告。我把那份报告逐字逐句地翻译了出来，其大略如下，括号内的是我自加的注解。

《关于诗人特库君幽灵的报告》
（发表于《心灵学协会杂志》
第八千二百七十四号）

我心灵学协会在此前自杀的诗人特库君旧居、现 XX 照相师的摄影室 XX 街二百五十一号召开了临时调查会，出席的会员如下。（姓名从略）

九月十七日上午十时三十分，我等十七名会

员与心灵协会会长贝克先生，连同我们最信任的灵媒豪普夫人集会于该摄影室。豪普夫人刚进该室，即已感到鬼气，全身痉挛，呕吐数次。据夫人称，此乃诗人特库君酷爱香烟之故，其鬼气中亦含有尼古丁云云。

我等会员与豪普夫人围在圆桌旁静默而坐，三分二十五秒后，夫人急剧陷入梦游状态，为诗人特库之灵魂所附。我等会员以年龄为序，与特库君附着于夫人身上的灵魂开始对话，内容如下：

问：你为什么以魂灵出现？

答：为了解我死后的名声如何。

问：你——或者是各位魂灵还想要死后之名吗？

答：至少我不能不想。然而我所邂逅的一位日本诗人却轻蔑死后之名。

问：你知道那位诗人的姓名吗？

答：非常不幸，我忘记了。只记得他爱作的俳句中的一首。

问：是首什么诗？

答："古池啊，青蛙跳入闻水声。"

问：你认为这是一首佳作吗？

答：我不认为是一首坏诗，只是如把"青蛙"改为"河童"则会更加精彩了。

问：理由呢？

答：我等河童在任何艺术中都迫切要求表现河童的形象。

此时会长贝克提醒我等十七名会员，现在是心灵学协会临时调查会，不是文学评论会。

问：各位魂灵的生活怎样？

答：和各位的生活一样。

问：那么你对自杀感到后悔吗？

答：那倒未必，如果我厌倦了魂灵生活，还可以拿起手枪"自活"。

问："自活"是容易的事吗？

特库君的魂灵回答这个问题时仍以反问作答。了解特库君者当会知道，此回答方式颇为自然。

答：自杀是容易的事吗？

问：各位的生命是永恒的吗？

答：有关我等的生命诸说纷纭，均不可信。但切勿忘记，幸而我等之中也有基督教、佛教、伊斯兰教、拜火教等各种宗教。

问：你信仰什么？

答：我经常是怀疑论者。

问：可是你至少不怀疑魂灵的存在吧？

答：我不能像各位这样确信。

问：你有多少朋友？

答：我的朋友遍及古今东西，应该不下三百人。如举出其中著名者，有克莱斯特、迈兰德、魏宁格……

问：你的朋友全是自杀的？

答：未必，为自杀辩护的蒙田也是我的畏友之一，只是我不和没自杀的厌世主义者——叔本华之辈交朋友。

问：叔本华还健在吗？

答：目前他创立了魂灵厌世主义，正在讨论

是否应该"自活"。然而他听说霍乱也是霉菌病，就放心了。

　　我等会员依次询问拿破仑、孔子、陀思妥耶夫斯基、达尔文、克娄巴特拉、释迦牟尼、德摩斯梯尼、但丁、千利休等魂灵的消息，遗憾的是特库君未作详细回答，反提问种种有关自己的传闻。

　　问：我死后的名声如何？

　　答：有个评论家说你是"群小诗人之一"。

　　问：他肯定是没得到我赠送的诗集而心生怨恨。我的全集出版了吗？

　　答：你的全集已经出版了，但卖得不怎么好。

　　问：我的全集到了三百年后——也就是著作权失效后，将会万人争购。另外和我同居的女友怎么样了？

　　答：她已经是书商拉克君的夫人了。

　　问：太不幸了，她竟然不知道拉克的眼睛是假的。我的孩子怎么样了？

答：听说在国立孤儿院呢。

特库君沉默了一会儿后，又开始了新的提问。

问：我的房子呢？

答：成了一个照相师的摄影室了。

问：我的桌子呢？

答：不知道怎么样了。

问：我在桌子抽屉里藏了一束信件——幸好这与事务繁忙的各位毫无瓜葛。现在我们灵界已渐入黄昏，我要和各位诀别了。再见，诸位，再见，善良的诸位。

霍普夫人说完最后的话随即苏醒过来。我等十七名会员向上天的神祇发誓，保证上述问答的真实性。（又，对我等所信赖的霍普夫人的报酬，已按照夫人当年做演员时的日薪支付。）

十六

我读完这篇报道后，渐渐地感到自己待在这个国家有些让人忧郁，于是开始考虑怎样能够回到我们人类的国家。可无论怎么找也找不到当初我掉下来的洞穴。这时我听河童渔夫巴古说，在这个国家的城市边上有一只老河童，据说整天就是看看书，吹吹笛子，静静地过着日子。我想，要是去问这只河童的话，没准儿能知道逃出这个国家的路，于是立刻就到城市边上去了。可是到了那儿一看，在一座很小的房子里，哪儿有什么老河童啊，只有一只连脑袋上的窝都没长好，最多有十二三岁的小河童，正在悠然自得地吹着笛子。我当然以为是走错路了。不过，我还是不放心，就问了问他的名字，这才知道这只河童果然就是巴古告诉我的那只老河童。

"可是你怎么像个孩子……"

"你还不知道啊？我也不知道是什么命，从妈妈肚子里出来的时候我就一脑袋白头发，后来渐渐地变得年轻，现在就成了这样的小孩子了。不过要是检测年龄的话，就算出生时是六十岁，我现在没准儿也有一百一十五六岁了。"

我打量了一下房间的四周，不知是不是我的感觉，看起来朴素的桌椅间有一种幸福的气息。

"看起来你生活得比其他河童幸福啊。"

"怎么说呢，也许可以这么说吧。我年轻的时候上岁数了，等到老了的时候变年轻了。所以就像上了岁数的一样，没有欲望，也不像年轻的那样迷恋色情。反正就算我的生活不幸福，但我的心情很平静。"

"那当然会很平静了。"

"不，要光是这样还不算是平静。我身体很结实，财产能保证我一辈子不缺吃的。不过我想最幸福的一点还是我生下来的时候就上了岁数。"

我跟这个河童讲了一阵自杀了的特库和每天请医生看病的盖鲁的事。但是，不知为什么，老河童的脸上露出了对我说的事不太感兴趣的神色。

"那么你不像其他河童那样对活着有一种执着吗？"

老河童一边看着我的脸，一边静静地回答：

"我是不是愿意像其他河童那样出生在这个国家，这些我父亲都问过后，我才离开母亲的胎内的。"

"可是我不知怎么回事，一下子掉进了这个国家里。能不能请你告诉我离开这个国家的路呢？"

"离开的路只有一条。"

"这条路……"

"就是你到这儿来时的那条路。"

我听了这话身上的汗毛都竖起来了。

"但是我不知怎么找不到那条路了。"

老河童那水灵灵的眼睛盯住我的脸，然后终于抬起身子，走到房间的一角，拉出一根从天花板垂下来的绳子。这时我一直没注意到的天窗打开了，圆形天窗的外边有松树和桧树伸出的枝干，再往上能看到湛蓝的天空。就像一支巨大箭头的枪岳山的山峰巍然耸立着。我就像看到飞机的小孩子一样高兴得真的跳了起来。

"怎么样？只要从那儿出去就行了。"

老河童这样说着，指着刚才那根绳子。我原来以为是一根绳子，现在才看出来是一副绳梯。

"那就让我从那儿出去吧。"

"不过我要事前说好，出去了就不要后悔。"

"没问题，我不后悔。"

我这么回答着，身子已经爬上了绳梯，从上面我可以远远地看到老河童脑袋上的窝。

十七

我从河童的国家回来后，有一阵真受不了人皮肤上发出的味道。比起我们人来，河童其实干净得多。另外我看惯了河童的头，总觉得我们人的头看上去很可怕。这也许是你所不能理解的，可是先不说眼睛和嘴，就是这个鼻子不知为什么也让我感到恐惧。我当然打算尽量不见任何人，但是看起来不知不觉也会逐渐习惯我们人，过了大约半年的时间，我就什么地方都去了。但是就这样还是有麻烦事，就是我说话时一不小心嘴里就冒出河童国的话来了。

"你明天在家吗？"

"Qua。"

"什么？"

"不，我是说在家。"

大体上就是这个样子。

可是从河童国回来以后，正好过了一年，我因为在一项事业上失败了……（在他说到这儿的时候，S博士马上提醒他："那件事就别提了。"据博士说，他每次说这件事的时候都会闹得不可开交，让看护人非常头疼。）

那就不说那件事了。可是因为那项事业的失败，我又想回河童国了。对了，不是想"去"，而是想"回去"。河童国对我来说感觉就像是自己的故乡一样。

我悄悄地离开家，想坐上中央线的火车，可

是不巧被巡警抓住了，送进了精神病院。我进这家医院的时候还在想着河童国的事。医生查克怎么样了？也许哲学家马古还在彩色玻璃方提灯下思考着什么。特别是我的好朋友，烂嘴学生拉普——在一个像今天这样阴天的下午，沉浸在这些回忆中的我不由得要喊叫出来。不知是什么时候进来的，那只叫巴古的渔夫河童在我前面站着，鞠了好几个躬。我回过神来后——是哭还是笑我已经记不清了。总之，久别后，我的确因为又能使用河童的语言而感动不已。

"喂，巴古，你怎么来了？"

"咦？我来看望你呀，听说你病了。"

"你怎么知道这事的呢？"

"听收音机的新闻知道的。"

巴古似乎很得意似的笑了。

"不管怎么说，你是怎么来的？"

"嗨，这有什么呀。东京的河和壕沟对河童来说就像大街一样。"

这时我才想起来，河童和青蛙一样都是水陆

两栖动物。

"可是这边没有河呀。"

"不，我是通过水道的铁管到这儿来的，把消火栓打开……"

"打开消火栓？"

"老爷你忘了？河童里也有会机械的呀。"

后来每隔两三天就会有不同的河童来看望我。我的病据 S 博士说是早发性痴呆症，可是医生查克（我这么说对你也很失礼）说我不是早发性痴呆症，早发性痴呆症患者首先是 S 博士，还有你们自己。医生查克都会来，所以学生拉普和哲学家马古来看我自然是理所当然的了。但是，除了那个渔夫巴古，白天谁都不会来。特别是两三只河童一起来的时候肯定在夜里 —— 而且是月夜里。昨天晚上月亮很亮的时候，我和玻璃公司的老板盖鲁、哲学家马古一起聊了天。另外音乐家库拉巴库还拉了一首小提琴曲。看到对面桌子上的黑百合花束了吧？那也是昨晚库拉巴库带来的礼物。

（我回头看了看，可是桌子上当然没有花束和其他的什么东西。）

还有这书也是哲学家马古专门带来给我的。请念念最前面的诗。算了，你不会懂得河童国的语言。那我就替你念吧。这是最近出版的《特库全集》里的一册——

（他打开旧电话号码簿，开始大声朗读着下面的诗：）

在椰花与竹丛里，
佛陀早已安睡。

路边，无花果已经枯萎，
基督似乎也一起死去。

可是我们也应休息，
即使是在舞台的背景之前。

（再看看背景的后面，唯有打满补丁的

194

画布？）

　　但是我不像诗人那样厌世，只要河童们常来看我——啊，我把这个事忘了，你还记得我得好朋友，那个法官佩普吧？那个河童失业后，真的发疯了，据说现在在河童国的精神病院里呢。要是 S 博士准许的话，我真想去看望他……

　　　　　　　　　昭和二年（1927）二月十一日

　　　　　　　　　　　　　　　（宋再新　译）

诱 惑

——一个剧本

1

在一张天主教徒的旧日历上，可以看到这样的字句——

出生于 1634 年。塞巴斯蒂安　奉记

　　二月小

26 日　圣马利亚通告节。

27 日　安息日。

　　三月大

5 日　安息日。弗兰西斯科。

12 日

……

2

日本南部的一条山路。在树枝张开的大樟木对面，可以看到一个洞口。过了一会儿，两个打柴的人从山路走下来，一人手指洞口对另一人说着什么。接着，两个人在胸前画着十字，从远处对洞穴礼拜。

3

一只长尾猴坐在在大樟木树梢上，一动不动地望着大海。海上有一艘西洋式帆船，好像正朝这边驶来。

4

一艘正在海上行驶的帆船。

5

这艘船内，两个红毛人水手正在船桅下玩骰子。这时，他们因为输赢发生了争吵，只见一个水手跳过去就把匕首刺进了另一个水手的肚子。

好多水手一下子从四面八方聚集起来，围住了这两个水手。

6

仰面朝天的水手的死容。突然，他鼻孔里钻出一只长尾猴，爬到下巴上。猴子朝四周张望一下，忽然又钻进了鼻孔。

7

从上面斜着朝下面看去的海面。突然从空中掉下一具水手的尸体。尸体在掀起的浪花里转眼就不见了，后来，只能看到一只猴子在水面上挣扎。

8

可以看到大海的对面有一座半岛。

9

前面出现过的山路上那棵大樟木树梢上，猴

子还在执着地眺望着海上的帆船。不一会儿，猴子举起双手，脸上充满了兴奋的表情。这时，另外一只猴子不知什么时候轻巧地坐上同一根树枝。两只猴子用手比画着，好像交谈了一阵。接着后来的那只猴子把长长的尾巴卷在树枝上，身子轻盈地吊在半空，手搭在眼睛上眺望着被樟木树枝和树叶遮住的远方。

10

前文出现过的洞外。除了繁茂的芭蕉和竹子，没有其他的东西在摇动。天色渐黑，一只蝙蝠扑打着翅膀，从洞穴里飞上天空。

11

洞穴内部。"圣塞巴斯蒂安"孤身一人，对挂在岩壁上的十字架祈祷着。"圣塞巴斯蒂安"穿着黑色的法衣，是个年近四十的日本人。一支点着的蜡烛照亮了桌子和水瓶等。

12

蜡烛光映照下的岩壁。岩壁上自然地映出"圣塞巴斯蒂安"的侧影。侧影的脖颈上，一只尾巴长长的猴子的身影开始静静地往头上爬。接着，又出现了一只猴子的影子。

13

"圣塞巴斯蒂安"合在一起的双手。他的两手上不知什么时候攥住了一只红毛人的烟斗，本来烟斗没有点火，可是眼看着里面的烟叶燃烧起来。烟开始朝空中飘去……

14

前文出现过的洞内。"圣塞巴斯蒂安"蓦地站了起来，把烟斗扔向岩壁。可是烟斗仍然冒着烟。他觉得很吃惊，再也没凑近烟斗。

15

掉在岩石上的烟斗。烟斗慢慢地变成装着酒

的长颈圆肚的西洋酒瓶。接着，又变成一块裱花蛋糕。最后，那块裱花蛋糕已不再是食物，变成了一个年轻妓女，妖艳地屈膝施礼，歪着头好像在看着谁的脸……

16

"圣塞巴斯蒂安"的上半身。他突然画起十字，脸上浮现出放心的表情。

17

一只长尾猴蹲在一支蜡烛下。两只猴都皱着眉头。

18

前面出现过的洞穴内。"圣塞巴斯蒂安"又一次在十字架前祈祷。突然，不知从哪儿悄然飞来一只大猫头鹰，一扇翅膀就把蜡烛扑灭了。一缕月光微微照在十字架上。

19

挂在岩壁上的十字架。十字架又开始变成镶着十字的长方形窗户。长方形窗户的外边可以看到一座草顶房子，房子周围没有人。这时，这座房子本身开始往窗前靠近，渐渐能看到房子内部。房里有一个像"圣塞巴斯蒂安"的老太太，一只手摇着纺车，另一只手拿着长了果实的樱花树枝逗着一个两三岁的小孩。那个小孩子肯定是他的孩子。但是，房子的内部不用说了，就连人也像雾一样穿过了窗户。这时能看到的是房子后面的田地，地里有个近四十岁的妇女在勤快地割麦晾晒……

20

往长方形的窗户里张望的"圣塞巴斯蒂安"的上半身。不过能看到的只是他斜着的背影。只有窗外很明亮，窗外已经没有了田地，能看到一大群男女老少人头攒动。这一大群男女老少的头上，有三个被挂在十字架上的男女高高地张开手臂。挂在十字架正中间的男人和他一模一样。他想离开窗子，却没想到晃晃悠悠地倒了下去……

21

前面出现过的洞内。"圣塞巴斯蒂安"倒在十字架下的岩石上。他好容易抬起头，仰望着月光下的十字架。十字架不知什么时候变成了纯真的刚出生的释迦牟尼像。"圣塞巴斯蒂安"惊讶地望着这个释迦牟尼，然后又突然起身画着十字。一只大猫头鹰的影子掠过月光。刚诞生的释迦牟尼又一次变成了十字架。……

22

前面出现过的山路。月光洒在山路上，山路变成了黑色的桌子，桌子上有一副扑克牌。这时出现两只男人的手，静静地洗牌后，开始向左右两边发牌。

23

前面出现过的洞内。"圣塞巴斯蒂安"低着头，在洞里踱步。这时，一束圆光在他头上闪烁，洞里也渐渐亮了起来。他突然意识到这个奇迹，在洞中央停下脚步。他的脸上开始是惊讶的表情，然后渐渐地变成欢喜的表情。他倒伏在十字架前，再一次虔诚地祈祷。

24

"圣塞巴斯蒂安"的右耳。耳垂中有一棵树，树上长着无数圆圆的果实。耳朵眼里是开有红花的草地，草在微风里摇曳着。

25

前面出现过的洞内。不过这次面向外部。头上顶着圆光的"圣塞巴斯蒂安"从十字架前站了起来，静静地朝洞外走去。他的身影消失之后，十字架自己从岩石上掉了下来。与此同时，一只猴子从水瓶里跳出来，胆怯地打算接近十字架，接着又来了一只猴子。

26

洞外。"圣塞巴斯蒂安"在月光中慢慢朝这边走来。他的左边当然有一个影子，而且右边还投下一个。右边的影子戴着宽檐帽，穿着长外套。等到他影子的上半身在洞外几乎挡住洞口时，他停住脚步看了看天。

27

天空只有点点繁星在闪烁。突然，空中一个大量角器分开两脚降了下来。随着渐渐下降，两脚逐渐收拢，随着收拢，渐渐变得模糊，最后消失。

28

在广阔的黑暗中挂着几个太阳，这些太阳的周围有好几个地球在转动。

29

前面出现过的山路。头上顶着圆光的"圣塞巴斯蒂安"向地上投下两个影子，静静地走下山路。然后他在樟树的树根处站住，直直地看着他的脚下。

30

从上面斜着朝下面看去的山路。月光下的山路上有一块石头在滚动。石头渐渐变成石斧，然后又变成短剑，最后变成手枪。可又不是手枪了，不知什么时候又变得同原来一样，仅是一块石头而已。

31

前面出现过的山路。"圣塞巴斯蒂安"停住脚步，仍然盯着脚下。影子仍旧有两个。这回他抬起头，望着樟木树干。……

32

月光下的樟木树干。最初被粗糙的树皮包裹着的树干上什么也没显现出来。但是上面逐渐鲜明地浮现出一个个君临世界的众神像，最后是受难的基督像。最后？——不，并不是"最后"，他自己也眼看着变成了四折的东京 XX 报。

33

前面出现过的山路旁。戴着宽檐帽子、穿着风衣的影子，自己直挺挺地立了起来。当然，它立起来时已经不是影子了，是留着山羊胡子、眼光锐利的红毛人船长。

34

这条山路。"圣塞巴斯蒂安"在樟木树下和船长说着什么。他的脸色很严肃，船长的唇边不断浮现出冷笑。他们说了一会儿后，一起走上了岔路。

35

俯瞰大海的海角。他们在那里站住，兴致勃勃地聊着。这时，船长从风衣里掏出望远镜，对"圣塞巴斯蒂安"做着"你看"的手势。他略微犹豫了一下后，用望远镜观察海上。由于海风的关系，不用说他们周围的草木，连他的法衣也不断地飘动。但是船长的风衣没动。

36

望远镜里出现的第一景。在挂着好几幅画的房间里，男女两个红毛人在隔着桌子谈话。蜡烛光中的桌子上有酒杯、吉他和玫瑰花，等等。这时，又有一个红毛男人推开房间的门，拔剑进来。另一个红毛男人迅速离开桌子，拔剑准备迎击对方。这时，他的心脏已经中了对方一剑，仰面朝天倒在地板上。红毛女人逃向房间的角落，两手按住脸，一动不动地看着这场悲剧。

37

望远镜里出现的第二景。在排列着巨大书架的房间里，一个红毛男人呆呆地对着桌子。电灯下的桌子上有文件、账本和杂志，这时，一个红毛人小孩猛地推门进来。红毛人抱起这个孩子，吻了几次他的脸后，做出了一个让孩子"到那边去"的手势，孩子乖乖地出去了。接着，红毛人在桌子前，从抽屉里取出什么东西。突然，他的头周围冒出了烟。

38

望远镜里出现的第三景。安放着一个俄罗斯人半身像的房间里，一个红毛女人正在努力地用打字机打字。这时，一个红毛人老太太悄悄地开门走近女人，她取出一封信，做出"读读看"的手势。女人在电灯光下看完这封信，立刻歇斯底里起来，老太太没弄清是怎么回事，后退到门口。

39

望远镜里出现的第四景。就像表现派的画一样的房间里，男女两个红毛人，隔着桌子在谈话。怪光之下的桌上有试管、漏斗和风箱。这时，比他们个子都高的一个红毛男偶人，恐怖地轻轻推开门，拿着一束人造花走了进来。可是，花还没有递出去，好像是机械出了故障，偶人突然扑向了男人，轻松地把他按在了地板上。红毛女人逃向房间的角落，两手按住脸，忽然笑个不止……

40

望远镜里出现的第五景。仍是前面出现的房间，不同的只是一个人都没有。突然，整个房间在可怕的烟尘中爆炸了，之后就成了一片焚烧过的废墟。但是，顷刻之间，又变成长草丛生的原野，原野上的河边生出一棵柳树。一群白鹭翩翩飞舞，不知有多少只……

41

　　前面出现过的海角。"圣塞巴斯蒂安"拿着望远镜，和船长说着什么。船长摇了摇头，摘下一颗星星给他看。"圣塞巴斯蒂安"向后退着，慌忙要画十字，但是这回好像画不出来似的。船长把星星放在手掌上，做出让他看的手势。

42

　　船长放着星星的手掌。星星渐渐变成石头，石头变成马铃薯，第三回，马铃薯又变成蝴蝶，最后蝴蝶变成特别小的穿军服的拿破仑。拿破仑站在手掌心，看了一下周围，然后一转身，背着这边朝手掌外撒尿。

43

　　前面出现过的山路。"圣塞巴斯蒂安"跟在船长的身后，垂头丧气地又回到这里。船长站了一会儿，就像摘下铁圈一样，取下了"圣塞巴斯蒂安"头上的圆光。然后他们在樟树下又开始说着什么。落在地上的圆光慢慢变成了一只大怀表，表针指在两点三十分。

44

这条山路转弯的地方。不过，这回不用说树和岩石了，连站在山路上的他们也斜着身子从上往下看。月光里的风景不知什么时候变成了坐满无数男女的现代咖啡馆。他们的后面全是乐器。特别以站在中间的他们为首，一切都像鱼鳞一样小。

45

这个咖啡馆的内部。"圣塞巴斯蒂安"被一大群舞女包围着，似乎不知所措地看着周围。还有花束不时掉下来。舞女为了劝酒，吊在他的脖子上。但是皱着眉头的他似乎无可奈何。红毛人船长站在他身后，脸上仍然浮现着冷笑，恰巧能看到他的半边脸。

46

前面出现过的咖啡馆的地板。地板上脱下鞋的脚不停地动着。这些脚又不知什么时候变成了马脚、鹤脚和鹿脚。

47

前面出现过的咖啡馆的角落。一个穿着金纽扣制服的黑人正打着大鼓。这个黑人也不知什么时候变成了一棵樟树。

48

前面出现过的山路。船长抱着胳膊，低头看着在樟树下失去了知觉的"圣塞巴斯蒂安"。接着把他抱了起来，半拖着他往对面的洞穴走。

49

前面出现过的洞内。不过这次视角向外。已经没有月光洒下，但是，他们回来的时候，周围自然地稍稍亮了一点。"圣塞巴斯蒂安"抓着船长，又开始兴致勃勃地讲了起来。好像船长仍在冷笑，对他的话不作回答。不过，终于说了两三句，手指着昏暗的岩石，做了个"快看"的手势。

50

洞内的一角。一具留着络腮胡子的尸体靠在岩壁上。

51

他们的上半身。"圣塞巴斯蒂安"表现出吃惊、恐怖的表情，跟船长说着什么。船长回答了一句。"圣塞巴斯蒂安"要画十字，但是，这回还是没画成。

52

Judas（犹大）……

53

前面出现过的尸体——犹大的侧脸。不知谁

的手抓住了这张脸，像按摩一样抚摸着。于是，这张脸变得透明，像一张解剖图一样，可以清清楚楚地看到脑子里。脑内起初只隐约映出三十枚银币，但不知什么时候，带有嘲弄和怜悯表情的众门徒的脸显现出来。还不止这些，在他们的对面，房子、湖泊、十字架、做出猥亵动作的手、橄榄枝、老人——似乎各种各样的东西都显现了出来……

54

前面出现过的洞内一角。靠在岩壁上的尸体开始渐渐变得年轻，最后变成一个婴儿。可是只有络腮胡子还留在婴儿的下巴上。

55

婴儿尸体的脚心。两只脚的脚心都画有一朵玫瑰花，但是眼看着这些玫瑰花的花瓣纷纷落在岩石上。

56

他们的上半身。"圣塞巴斯蒂安"越来越兴奋，又对船长讲着什么。船长什么都不回答，但他相当严肃地注视着"圣塞巴斯蒂安"的脸。

57

一半脸在帽子阴影下、目光锐利的船长。船长慢慢伸出舌头，舌头上有一个狮身人面像。

58

前面出现过的洞内一角。靠在岩壁上的婴儿尸体又开始渐渐变化。最后终于变成两只猴子，一只骑在另一只的肩上。

59

前面出现过的洞内。船长兴致勃勃地对"圣塞巴斯蒂安"讲着什么。但是，"圣塞巴斯蒂安"低着头，好像没听船长讲话。船长突然抓住他的手腕，一边指着洞外，对他做出"看看"的手势。

60

月光下的山中风景。这种风景本身变成了长满"海葵"的陡峭岩石。空中飘着水母群。可是这些也消失了，只剩小小的地球在无边的黑暗中转动。

61

在无边的黑暗中转动的地球。随着地球的转动变慢，不知什么时候变成了橙子。这时出现一把刀，把橙子切成两半。白色的橙子断面上出现一枚磁针。

62

他们的上半身。"圣塞巴斯蒂安"靠在船长身上直直地注视着空中，那表情就像是一个疯子。船长仍然冷笑着，连睫毛都不动一下。这还不算，他又从风衣里掏出一个骷髅来。

63

船长手上的骷髅。从骷髅的眼睛飞出一只灯蛾，轻盈地飞向空中，接着又是三只、两只、五只。

64

前面出现过的洞内上空。前后左右满是飞来飞去的无数灯蛾。

65

这些灯蛾中的一只，在空中飞舞时变成一只老鹰。

66

前面出现过的洞内。"圣塞巴斯蒂安"还靠着船长，不知什么时候闭上了眼睛。一离开船长的手臂，就倒在了岩石上。可是他抬起上半身，又一次抬头看着船长的脸。

67

倒在岩石上的"圣塞巴斯蒂安"的下半身。他用手支撑着身体，偶然抓住岩壁上的十字架。开始他还很害怕，后来就猛地抓紧了。

68

抓着十字架的"圣塞巴斯蒂安"的手。

69

望着后面的船长的上半身。船长的视线越过肩膀正看着什么，脸上现出失望的苦笑。然后静静抚摸着络腮胡子。

70

前面出现过的洞内。船长快步走出洞口，走下微明的山路。山路的风景也渐渐往下移。船长的身后跟着两只猴子，他来到樟树下，略停片刻，摘下帽子，对一个看不清是谁的人行礼。

71

前面出现过的洞内。不过这回的视角也面向外。使劲握着十字架倒在岩石上的"圣塞巴斯蒂安"。洞外渐渐晨光熹微。

72

从上面斜着朝下看，岩石上出现了"圣塞巴斯蒂安"的脸。熹微的晨光中，那张脸上慢慢流下眼泪。

73

前面出现过的山路。洒满朝阳光辉的山路又像原来一样，自己变成一张黑色的桌子。桌子左边摆的全是黑桃 A 纸牌和花牌。

74

朝阳照射进来的房间。主人刚开门送人出去。房间角落的桌上有酒瓶、酒杯和扑克牌，等等。主人坐在桌旁，点上一支香烟，然后打了个大哈欠。主人长着络腮胡子的脸和船长一模一样。

后记："圣塞巴斯蒂安"是唯一一个日本天主教徒，生平颇有传奇色彩。请参阅浦川和三郎著《公教会在日本的复活》一书第十八章。

昭和二年（1927）三月九日

（宋再新　译）

古千屋

一

樫井之战发生在元和元年（1615）四月二十九日。大阪势力之中甚有名望的塙团右卫门直之、淡轮六郎兵卫重政等人都在这场战斗里被杀。特别是塙团右卫门直之，他背插着金箔做的小旗，手舞着矛尖下镶十字的长矛，搏杀时甚至把长矛都打断了，最后在樫井被杀。

四月三十日未刻，击败他们军队的浅野但马守长晟，向大御所[1]德川家康报告战斗的胜利，还献上了直之的首级。（家康从四月十七日以来，一

---

[1] 1603 年，德川家康让位于三子秀忠，被尊称为"大御所"。

直在二条城。这是因为他在等将军秀忠从江户到京都，然后进攻大阪城。）派去报告的使臣是长晟的家臣关宗兵卫和寺川左马助两人。

家康命令本多佐渡守正纯去查验直之的首级。正纯退到正堂旁的侧房，轻轻打开装首级的桶盖，大概看了一下直之的首级，然后在盖子上写上"卍"字[1]，又附上箭头后，这样回复家康：

"直之的首级在暑热中业已腐烂，甚臭。是否还需查验？"

可是家康并不采纳此建议。

"死后人皆如此，务必把此首级献上。"

正纯又退回侧房，一动不动地坐在盖上了背后铠甲的首级桶旁。

"怎么不快点？"

家康朝侧房喊着。曾在远州横须贺当过步卒的墙团右卫门直之不知何时成了闻名天下的武将。不仅如此，家康的姜阿万也曾为了她生的孩子赖

---

[1] 梵文中意为功德圆满。

宣，在一段时间里每年送给直之二百两金子。最后，直之不仅武艺精湛，还拜在大龙和尚的门下，学习不立文字之道[1]。所以家康要查验这么一个人的首级，也许并非出于偶然……

可是正纯却不回答，仍然在侧房，对成濑隼人正正成和土井大炊头利胜，不待人问，便主动说起来：

"听说反正这个人哪，上了年纪心肠就会更可怕。像大御所那样弓法娴熟的武士也和一般庶民没什么差别。我觉得自己对武士道的规矩还略知一二。直之的首级还只是第一个首级[2]，只要直之的眼睛还睁着，就断不能送首级给主将查验。主将硬要把首级交去查验的意思不就是最好的证据吗？"

家康隔着画有花鸟的纸拉门听到这话后，就再也没提查验首级的事了。

---

1 指禅宗。

2 按规矩，须再有一首级方可查验。

二

同一个月的三十号，井伊扫部头直孝的军帐里的一个女佣突然发疯似的叫喊了起来。这个女人叫古千屋，刚满三十岁。

"像塙团右卫门这样武士的首级都不能得到大御所的查验吗？我也是堂堂一名大将，既然蒙受此种羞辱，我定要报复。……"

古千屋一直这样一边大喊大叫，一边还往上跳跃，左右的男女怎么也制止不了她。古千屋凄厉的叫喊声就够呛了，再加上他们制止古千屋时发出的喧闹声，情形更非同一般。

井伊军帐里的喧闹声自然会传进德川家康的耳朵里。这时直孝晋见家康，报告说直之的恶灵附在了古千屋身上，大家都十分惧怕。

"直之有怨气也不是没有道理，那么就快快查验吧。"

家康在大蜡烛光下，斩钉截铁地下了命令。

在深夜的二条城大厅里查验直之的首级，反

而比白天更隆重。家康披着茶色的披风，穿着下边扣着的裙裤，按照规定的仪式查验直之的首级。左右两侧站着身着甲胄的武官，两个人都手握刀柄，目不转睛地注视着家康查验。直之的首级并没有腐烂，不过脸上带红铜色，两眼的确如本多正纯说的那样，是张开的。

"这也满足了墒团右卫门的愿望了。"旁边的一个武官——横田甚右卫门对家康施了一礼。

可是家康仅点了点头，一句都没回答。他又唤过直孝来，把嘴凑近直孝的耳边小声命令道："去调查一下那个女人的来历。"

三

家康已经查验过首级的消息当然不会传不到井伊的军帐里。古千屋听了这话后，连说"正是我的本愿，正是我的本愿"，脸上露出了微笑。然后她就像非常疲倦似的沉睡了，井伊军帐里的男女这时才终于放下心来。实际上，古千屋男人似的叫骂声实在是可怕。

这时天已经亮了，直孝立刻把古千屋叫来打听她的身世。她在这样的军帐里显得很瘦小，特别是受到惊吓的那个样子还不光是细弱，简直是可怜。

"你是在哪儿出生的？"

"在艺州广岛的领地。"

直孝一直盯着古千屋，问完这些话之后，慢慢地问出最后一个问题：

"你和塙团右卫门有关系吗？"

古千屋好像吓了一跳，她犹豫了一下后，居然很干脆地回答：

"是，实在不好意思说……"

直之听古千屋说，塙团右卫门和她生过一个孩子。

"大概是因为这个原因，昨天晚上在还没查验的时候，太伤心了，就不知什么时候昏过去了。我可能乱说了些什么，但是已经全记不得了……"

古千屋两手贴在地上，看样子很激动。她那憔悴的样子就像在早晨的阳光下闪光的薄冰一样。

"好了，好了，你下去休息吧。"

在古千屋退下后，直孝又去见了家康，把这个女人的事一一报告。

"她的确和墙团右卫门有关系。"

家康第一次微笑了。人生对于他，就像东海道的地图一样明确，家康从古千屋发疯这件事也不由得体会到了人生教给他的经验，即无论什么事情都有表里两面。这回他的推测又一次证明了年逾古稀的自己的经验……

"是这样……"

"那个女人怎么办？"

"算了，你继续留着用吧。"

直孝有点着急了：

"可是她蒙骗主上的罪……"

家康沉默了一会儿。但他心里的眼睛正看

着人生之底的黑暗之处 —— 看着那黑暗处的各种怪物。

"让我说说我的一点意见，行吗？"

"嗯，蒙骗主上……"

这是并不需要直孝怀疑的事实。可是不知什么时候，家康瞪大了比一般人大一倍的眼睛，就像面对敌阵一样回答道：

"不，我并没被蒙骗。"

昭和二年（1927）五月七日

（宋再新　译）

三扇窗子

一　老鼠

　　一级战舰 XX 驶进横须贺军港的时候刚进六月。由于下雨，围绕着军港的群山都笼罩在雾气中。本来就没有军舰进港停泊后老鼠就不繁殖的先例，自然 XX 舰也一样。在连绵的雨中，舰旗低垂的两万吨级的 XX 舰甲板下，老鼠也不知什么时候开始钻进了箱子和衣囊。

　　为了逮这些老鼠，还没停泊三天，副舰长就下了命令，抓住一只老鼠就可以放假上岸一天。水兵和机械兵在这个命令之下都积极地开始逮老鼠。在他们的努力下，老鼠眼看着少了，因此他们哪怕为了抓到一只老鼠，也不能不你争我夺。

"最近大家拿来的老鼠几乎都被撕碎了，因为大家都挤在一块儿又抢又夺的。"

聚在士官舱里的军官讲着这些事，讲得大家都笑了起来。脸上还带孩子气的 A 中尉也是他们中的一员。A 中尉的人生近似梅雨天空般悠闲，所以他确实什么都不懂。但是他很清楚地知道，水兵和机械兵都想上岸。A 中尉点上一支香烟，在他们说话中间插嘴时总是这样说：

"也许吧，我没准儿也会被撕碎呢。"

这种话也只有他这样的单身汉说。他的朋友 Y 中尉在大约一年前有了太太，因为这，他受到水兵和机械兵们的嘲笑。这又确实和他平时遇到什么事都不服输的性格不符。留着褐色短胡须的他就连喝一杯啤酒就醉了的时候，仍是胳膊支在桌上，手托着脸，不时对 A 中尉这么说一句：

"怎么样，我们也抓老鼠去？"

一个雨后晴天的早晨，甲板士官 A 中尉准许一个叫 S 的水兵上岸，这是因为这个水兵抓到了一只小老鼠 —— 而且是一只四肢完整的小老鼠。

比一般人强壮一倍的 S 晒着难得的阳光，走下窄窄的舷梯。这时候，他的一个水兵同伴敏捷地登上舷梯，正好和他擦肩而过的工夫，开玩笑似的跟他打着招呼：

"嘿，是进口吗？"

"嗯，是进口。"

他们的一问一答当然传进了 A 中尉的耳朵里。他把 S 叫了回来，让他在甲板上站好，问他们说的话是什么意思。

"进口是什么意思？"

S 站得笔直，眼睛虽然看着 A 中尉，但是似乎已经明显地绝望了。

"进口就是从外面弄进来的意思。"

"为什么要从外边弄进来？"

A 中尉其实知道为什么要从外边弄进来。但是，他看见 S 不回答，火气一下子就上来了，使劲抽了 S 一个大嘴巴。S 晃了晃身子，马上又保持着站立不动的姿势。

"是谁从外边弄进来的？"

　　S又什么都没说。A中尉眼睛盯着他，想象着再抽他一个嘴巴的情形。

　　"是谁？"

　　"是我老婆。"

　　"是来会面的时候拿进来的吗？"

　　"是。"

　　A中尉心里憋不住想笑。

　　"装在哪里拿进来的？"

　　"装在点心盒子里拿进来的。"

　　"你家在哪儿？"

　　"在平坂下。"

　　"父母还好吗？"

　　"不，只有我和我老婆两个人过日子。"

　　"没孩子吗？"

　　"是。"

　　S在答话时仍然是一副惊恐不安的样子。A中尉就让他在那儿站着，眼睛往横须贺市的街道看了一下。横须贺市的街道在群山中杂乱地堆积着屋顶，即使在阳光的照射下，景色看起来还是很寒酸。

"你上岸的许可取消了。"

"是。"

S见A中尉不说话，好像很犹豫，不知道自己该怎么办。其实，中尉正在心里斟酌之后命令的措辞。不过他什么都没说，先在甲板上走了起来。"这家伙是怕受罚呢，"像所有的长官一样，A中尉并没有不高兴。

"行了，往那边走。"

A中尉终于说话了。S行了举手礼后，转身朝后，往甲板上的楼梯走去。A中尉强忍着微笑，在S走出五六步后，忽然喊了一声："嘿，等等。"

"是。"

S猛地转过了身，可惶恐不安好像又充满了他全身。

"我有事要你办。平坂下有卖咸味饼干的商店吗？"

"有。"

"你去给我买一包来。"

"现在吗？"

"对，现在马上去。"

S被太阳晒黑的脸上淌下的泪水没逃过A中尉的眼睛。

过了两三天，A中尉在士官舱的桌子旁看署名是个女人的信。信纸是粉红色的，钢笔字写得不怎么样。他看了一遍后，给一支烟点上火，把这封信扔给了正在跟前的Y中尉。

"这是什么？'……昨日我夫之罪，皆因我浅薄之心而起。然承蒙宽恕……大德将永志不忘……'"

Y中尉拿着信，脸上渐渐露出了轻蔑的神色。接着他阴沉着脸，看着A中尉带着挖苦的口气说：

"我看你是要积德呀。"

"嗯，多少有点这个意思。"

A中尉大度地听着，也没计较，眼睛看着圆窗外。圆窗外能看到的就是雨里的大海。不过，过了一会儿后，他忽然像有些不好意思似的对Y中尉说：

"可是我总觉得有点儿没意思。我打那个家伙嘴巴的时候，可根本没觉得他有什么可怜的……"

Y 中尉的脸上既没有疑惑，也没有犹豫，他什么也没回答就拿起了桌子上的报纸看起来。士官舱里除了他们两个没有其他人。桌子上的杯子里插着几根芹菜。A 中尉看着水灵灵的芹菜叶，还是一个劲儿地抽着烟。非常难以理解的是，他对这个不客气的 Y 中尉却有了一种亲近感……

二　三个人

一级战舰 XX 在一场海战结束后，率领五艘军舰静静地朝镇海湾[1]驶去。海上不知不觉已是夜晚，左舷的水平线上有一弯发红的镰刀似的月亮挂在天空。两万吨级的 XX 舰内当然还没静下来，

1　朝鲜南部海湾，曾是日本的海军基地。

这是在胜利之后，所以气氛确实非常活跃。在这种气氛里，只有很细心的 K 中尉露出极为疲倦的面容，仍然到处走动，看有没有什么事要处理。

这场海战开始的前夜，他在甲板走动的时候，发现有微弱的方提灯的灯光。他轻轻走了过去一看，是一个年轻的军乐队乐手，为防止敌军觉察，正兀自趴在甲板上昏暗的方提灯下读《圣经》。K 中尉有些感动，轻声细语地跟这个乐手打招呼。乐手好像吓了一跳，但后来发现这位长官并没训斥他，他脸上忽然露出女人似的微笑，怯生生地回答问话……可是这个年轻的乐手现在已经在主桅下身中炮弹死了。K 中尉看到他的尸体时，突然想起了题为《死使人安静》的文章。如果 K 中尉自己也中了炮弹在一瞬间死去，他会觉得这比任何一种死都幸福。

但是，这场海战里发生的事，到现在还清楚地留在容易伤感的 K 中尉的心里。完成了战斗准备的一级战舰 XX 仍然率领五艘军舰在浪涛汹涌的海上向前行驶。这时，右舷的一门大炮不知为什么还没打开盖子，而在水平线上已经能隐隐约约地看到敌军舰队冒出的几缕烟在飘动。发现了这个错误的一个水兵一下子跨上炮身，身体轻盈地爬到了炮口。他想用两脚把盖子蹬开，可是盖子好像还不那么容易被蹬开。那个水兵在海水上方像在挣扎似的反复用脚蹬着，同时，还时不时扬起脸笑，露出洁白的牙齿。就在这时，XX舰猛地向右转了个大急弯，同时巨浪打向了右舷。不用说，巨浪的力量在刹那间足以掠走那个跨在炮身上的水兵。掉到海里的水兵拼命地举起一只手大声喊叫着什么，救生圈随着水兵的一片骂声被抛向了大海。但是，XX舰在敌人的舰队前当然不可能放下救生艇。水兵虽然抓住了救生圈，但是眼看着离军舰越来越远。他的命运肯定或早或晚是被淹死，况且这一带海里肯定少不了鲨鱼……

　　在 K 中尉的心里，对于年轻乐手的战死，不能不和对战前之事的记忆做对比。他虽然进的是海军学校，但曾经有一阵幻想着当个自然主义作家。从海军学校毕业后，他仍然爱读莫泊桑的小说。对于这样的 K 中尉，人生经常显示出灰暗的一面。他被编入 XX 舰后，想起了写在埃及石棺上的话："人生即战斗"。不要说 XX 舰上的军官和下士官，就是 XX 舰本身也名副其实地把埃及人的格言和钢铁交织在了一起。所以他感到了一种在乐手的尸体前，所有的战斗都结束了的静寂。可是像那个水兵那样，无论如何都要活下去的苦苦挣扎，真让他受不了。

K 中尉擦擦额头上的汗水，为了能吹吹海风，就从后甲板的梯子爬了上去。这时他看到十二英寸大炮的炮塔前，一个把胡子剃得精光的甲板士官两手背在背后，正在甲板上溜达。他前面还有一个颧骨高高的下士半低着头，背朝炮塔站得笔直。K 中尉稍稍有些不高兴，急匆匆地走到那个甲板士官的身边：

"怎么回事？"

"那什么，因为我在副舰长检查前进了厕所……"

这在军舰上不是什么稀奇事。K 中尉在甲

板上坐下来，眺望着取下支柱的左舷外的大海和发红的镰刀似的月亮。四周除了甲板上士官鞋子发出的声音之外，没有任何人说话的声音。K 中尉觉得心里轻松多了，这时才想到今天海战时的心情。

"我再一次恳求您，就是把我的表现奖取消了我也没有意见。"

下士忽然抬起头来对甲板士官这样说。K 中尉不由得抬头看着他，只见昏暗中，他的脸上有一种让人觉得很认真的表情。可是心情很好的甲板士官仍然倒背着两手，静静地在甲板上走着。

"别说傻话了。"

"可是我在这儿站着，将来没脸见我的部下，就是不能晋升我也认了。"

"晋升晚了可是件大事。不过你还是得在这儿站着。"

甲板士官这么说过后，又在甲板上轻快地走起来。K 中尉理智上很同意甲板士官的意见，但是他又对下士的名誉感到很惋惜。可是，一直低着头的下士让 K 中尉心里有些不安。

"在这里站着是耻辱。"

下士仍然低声地恳求着。

"这是你自找的。"

"我甘愿受罚，不过能不能别让我罚站……"

"要是从耻辱这个角度看的话，怎么罚不都差不多吗？"

"可是在部下面前失去威信对我来说非常痛苦。"

甲板士官什么都没回答。下士——下士看来也豁出去了，他最后说的语尾已经用尽了她的全力，之后就站在那里再也不说话了。K 中尉渐渐担心起来（但内心又告诫自己不要被下士的可怜相迷惑了），要为他说点什么吗？可是那个"说点什么"到了嘴边就会变成不咸不淡的废话了。

"真挺安静的呀。"

"嗯。"

甲板士官这么答应着，一边走一边摸着特意认真刮过胡子的下巴。海战前夜，甲板士官对 K

中尉说起："从前木村重成[1]……"

这个下士在处罚结束后就不知去向了。因为有值班员，跳海是绝不可能的。最容易发生自杀事件的煤炭库里也没找到他——这种事用不了半天就能查清，但不知去向，显然是死了。他给母亲和弟弟分别留下了遗书。谁都能看出来，对他施加惩罚的甲板士官很不安。K中尉是个细心的人，所以比别人更加同情他，硬要把自己没喝的啤酒给甲板士官喝，但同时又怕他喝醉了。

"不管怎么说，那家伙太好强了，可是也犯不上死啊……"

甲板士官一下子坐偏了，差点儿从椅子上掉下来，反复地说着这几句牢骚话。

"我只是命令他站着，这用不着死……"

XX舰在镇海湾停泊后，进烟囱里扫除的机械兵偶然发现了这个下士。他是在烟囱里的一根铁链上吊死的，不用说水手服了，连皮肉都被烤得掉了下来，剩下的只是一副骸骨了。这件事自

1　日本古代武将，他出征前在头盔里烧香的故事很有名。

然会传到在士官舱里的 K 中尉的耳朵里。他想起了这个下士站在炮塔前的样子，又觉得像挂在那儿的镰刀似的红月亮。

这三个人的死在 K 中尉的心里留下了永远的阴影，他不知不觉地在他们身上感受到了人生的全部。可是岁月让这个厌世主义者成了在军内口碑甚佳的海军少将之一。当有人请他题字时，他很少拿起笔来。但实在迫不得已的情况下，他一定会在画册上这样写：

君看双眼色，
不语似无愁。

三　一级战舰 XX

一级战舰 XX 进了横须贺军港的船坞。维修工程很难有进展，在两万吨级的 XX 舰高高的两舷内外，动员了无数工人，几次让人感到前所未有的焦躁不安。可是，要是想到浮在海上会全身长满牡蛎的话，你肯定会觉得浑身痒痒。

XX 舰的姊妹舰△△舰也停泊在横须贺军港里。一万两千吨的△△舰是一艘比 XX 舰年轻的军舰。两艘军舰在越洋航行的时候，会经常进行无言的对话。△△舰对 XX 舰，在年龄上就不用说了，对于因造船技师的失误，XX 舰的舵容易乱动，也非常同情。但是，为了照顾 XX 舰的情绪，△△舰从来没提起过这样的问题。不但如此，因为 XX 舰参加过好几次海战，△△舰为了对 XX 舰表示尊敬，总是使用敬语。

一个阴天的下午，△△舰由于弹药库里窜进了火星，突然发出了可怕的爆炸声，军舰的一半沉入了海里。XX 舰吓坏了（大群的工人对 XX 舰的震动只是作了物理方面的解释）。没参加海战的△△舰一下子就成了残废，这情景简直让 XX 舰不敢相信。它努力掩饰自己的惊慌，还在远处激励△△舰。但是，△△舰只是歪着身子，在火焰和浓烟中发出喊叫。

　　三四天之后，两万吨级的 XX 舰两舷因为失去了水压而导致甲板开裂。看到这个情况，工人们更加拼命地追赶维修工程的进度。但是，XX 舰不知何时已经对自己失去了信心。△△舰虽然年纪还轻，却沉没在自己面前的大海里。想想△△舰的命运，它的一生真是尝遍了酸甜苦辣。XX 舰想起了已成为历史的某场海战，那是一场舰旗被撕裂、桅杆也被打断的恶战……

　　两万吨级的 XX 舰在白花花的船坞里高高地翘起舰首。几艘巡洋舰和驱逐艇在它前面进进出出，还能看见新型潜水艇和水上飞机。可是这些只能使 XX 舰感到无奈。XX 舰环视着阴晴不定的横须贺军港，一动不动地等待着它的命运。在这期间，甲板对自己还在一点点地翘起来感到几分不安……

　　　　　　　　昭和二年（1927）六月十日

　　　　　　　　　　（宋再新　译）

齿

轮

一　雨衣

　　为了参加一熟人的婚礼，我拎着皮包从避暑地乘汽车赶往东海道的一个车站。汽车行驶的路两旁几乎全是繁茂的松树。实在说不准能不能赶上上行火车。汽车里除了我之外，还坐着一个理发店的老板。他的脸像枣子一样圆圆胖胖的，留着短短的络腮胡。我心里惦记着时间，嘴上还和他搭讪起来。

　　"现在的事真怪，听说 XX 先生府上白天也在闹鬼。"

　　"白天也闹？"

　　我远眺对面冬日夕阳下山坡上的松树林，漫

不经心地应对着。

"据说天气好的时候不闹，最厉害的时候是下雨天。"

"那下雨天不是要被淋湿吗？"

"您真会开玩笑……不过据说是个穿雨衣的鬼呢。"

汽车响着喇叭直接停在车站口。我和理发店老板道了别，走进车站。但是上行火车两三分钟前刚开走。候车室的长椅子上，坐着一个穿雨衣的男人，正心不在焉地往外看。我想起刚听说闹鬼的事，微微苦笑一下。只好等下一趟火车，于是我进了车站前的咖啡馆。

这家咖啡馆能不能叫作咖啡馆，倒值得考虑。我坐在角落的桌子边，要了一杯可可。桌上铺的桌布是白底细蓝线的粗格子布，但是角上露出有点脏的麻底。我喝着有股胶臭味的可可，观察着没有客人的咖啡馆。在满是灰尘的墙上贴着几张什么"亲子丼""炸猪排"之类的纸条。

本地鸡蛋

煎蛋卷

看着这些纸条，我感觉到靠近东海道铁路的乡村气息。这是电气机车在麦地和洋白菜地之间穿过的乡下……

坐上下一趟上行火车的时候天已经快黑了。我总是坐二等车厢，偶尔因故也坐三等厢。

火车里相当挤，在我前后都是去大矶那边远足的女学生。我点上香烟，看着这群学生。她们都显得特别快活，几乎不停地说着话。

"摄影师，什么叫爱情镜头啊？"

在我面前的摄影师看来是跟拍女学生远足的。这个摄影师含含混混地应付着小女生的问题，可是一个十四五岁的小女生还在提各种各样的问题。我忽然发现这个小女生的鼻子上有个脓包，不禁觉得有点儿好笑。我旁边一个十二三岁的小女生坐在年轻女老师的腿上，一只手搂着老师的脖子，另一只手摸着老师的脸。和别人说话的工夫，还要不时对老师说一句：

"老师真好看，老师的眼睛真好看。"

她们给我的印象不像是女学生，倒像是成年的女人了，要是忽略掉她们啃带皮的苹果、剥糖纸的话……可是，我看到一个年龄大点的女学生从我身边走过，踩到别人的脚，立刻说了声"对不起"。只有她看起来比其他人年龄大，但我反而觉得她像个地道的女学生了。我嘴上叼着香烟，意识到这种矛盾，自己发出冷笑。

不知什么时候，车里的灯亮了，火车终于到了郊外的一个车站。我来到寒风刺骨的月台上，过了一座桥，等候省线电车[1]。这时，偶然碰上了在一家公司工作的 T 君。等车的时候，我们聊起了不景气的事，T 君当然比我懂这方面的问题。可是，他粗大的手指上却戴着与不景气"相差甚远"的绿松石戒指。

"你戴的这东西不得了啊。"

"你说这个？这是一个去哈尔滨做买卖的朋友硬卖给我的戒指。那家伙现在正要死要活呢，因为跟合作社的买卖做不下来。"

幸好我们坐的省线电车不像火车那么挤，我们并排而坐，天南地北地聊着。T君原在巴黎供职，今年春天才回到东京。所以我们也总是会聊到巴黎的话题，什么卡约夫人[1]，什么吃螃蟹，什么在外国访问的某殿下……

"法国没想象的那么难生活。只不过这些法国佬本来就不愿纳税，所以内阁老是倒台……"

"可是法郎不是暴跌了吗？"

"那是报纸上登的。可是你到那边去看看，报纸上的日本，不是大地震就是大洪水。"

这时候，一个穿着雨衣的男人走过来坐在我们的对面。我觉得有点儿瘆人，心里一直想告诉T君刚才听说闹鬼的事。但是，T君一下子把他

1　即卡约夫人案。一桩成为法兰西第三共和国历史上最大丑闻之一的谋杀案。1914 年 3 月 16 日，前总理、时任财政部长的约瑟夫·卡约之妻昂里埃特·卡约枪杀了《费加罗报》主编加斯顿·卡尔梅特。

的手杖把儿转向了左边，脸朝前，小声对我说：

"看到那边有个女的吧？披灰披肩的……"

"那个梳西洋发型的？"

"嗯，那个抱着包袱的女的。那家伙这个夏天在轻井泽来着，穿着有点儿时髦的西式衣服……"

可是不管谁看都会觉得那个女人穿得很寒酸。我和 T 君聊着，偷偷瞧着那女人。不知怎的，那女人眉宇间让人觉得有点儿像疯子，而且她抱着的包袱里，露出了像豹子一样的海绵。

"在轻井泽的时候，她和一个美国人跳舞来着。叫什么……摩登还是什么。"

我和 T 君分手的时候，穿雨衣的男人不知什么时候已经不在那儿了。我拎着皮包从省线电车的一个车站朝一家饭店走去。街道的两侧耸立着高大的楼房，我走在这条路上，忽然想起了松树林。另外我在视野里还发现了奇怪的东西——一个不断旋转的半透明齿轮。我过去也有过好几次这样的经历。齿轮的数目不断增加，占了我一半的视野。不过，这段时间并不长，过了一会儿那些齿轮就消失了，但随之而来的是，我开始感到头痛——每次总是这样。眼科医生经常命令我，为消除错觉（？）要节制吸烟。可是，我二十岁之前没喜欢上烟的时候，就已看见过这样的齿轮。我想，齿轮又来了，为了测试左眼的视力，我就用一只手挡上右眼试试看。果然左眼什么事都没有，可是右眼的眼睑里还是有几个齿轮在旋转。我觉得右边的大楼渐渐看不见了，同时还是匆匆往前走。

走进饭店大门的时候齿轮已经不见了，头痛却依旧。我存好外套和帽子，顺便订了一间房间。然后我就打电话给一家杂志社商量钱的事。

婚宴好像早已经开始了。我坐在桌子的一角，开始动刀叉吃起来。以前面的新郎和新娘为中心，在白色的凹字形桌子旁坐着五十来人，不用说，个个都是喜气洋洋的。可是，只有我在明亮的电灯下，心情渐渐变得忧郁起来。为了摆脱这种心情，我和邻座的客人搭讪起来。他恰好是个留着狮子鬃般胡须的老人，而且还是个我也有所耳闻的著名汉学家，所以我们的谈话不知不觉之中就集中在了古典上。

"麒麟其实就是独角兽，而凤凰也就是叫不死鸟的鸟……"

这位著名的汉学家似乎对我的这番话很感兴趣，我在机械地聊着的时候，渐渐有了病态的破坏欲，把尧舜说成是杜撰的就不提了，我甚至还说《春秋》的作者是孔子往后很久的汉代的人物。这样一来那位汉学家的脸上明显露出了不高兴的神色，他根本不看我，就像老虎哼哼似的把我的话打断：

"要是说没有尧舜的话，那就等于说孔子撒谎了，可圣人是绝对不会撒谎的。"

我当然不说话了。接着我拿起刀叉准备切肉，这时看到一只小蛆静静地在肉边上蠕动。蛆唤起了我头脑里"worm"（虫）这个英文单词，这肯定也像麒麟和凤凰一样，意味着某种传说中的动物。我把刀叉放下，望着不知什么时候斟上的香槟酒。

婚宴终于结束之后，我打算躲在订好的房间

里，于是往走廊走去。这走廊不像饭店的走廊，倒是给了我一种监狱的感觉。不过，幸好我的头痛好多了。

皮包和外套、帽子都已经送到我的房间。我看见挂在墙上的外套，觉得像我自己站在那儿一样，于是急忙把外套收进房间角落的衣柜里。然后我走近镜子，一动不动地照着镜子。在镜子里，我的脸露出皮肤下骨骼的形状。忽然，蛆清晰地出现在我的记忆里。

我开门走到走廊，漫无目的地往前走。这时，我看见通向前厅的一角有一盏台灯，绿色的灯罩，高高的灯柱，清晰地映照在玻璃门上。这盏灯似乎给了我一种宁静的感觉，我在台灯前的椅子坐下来，思考起各种事来。但是，我在那儿没能坐上五分钟。这回穿雨衣的人又坐在我旁边的长沙发上，正有气无力地脱衣服。

"这么天寒地冻的还……"

我这么想着，又从走廊走了回来。走廊角落的接待处一个人也没有，可是他们说的话却隐隐传进我的耳朵，是一句被问到什么时回答的英语"All right（可以）"。"All right？"——我一时为了能把这两句对话弄懂直着急。"All right？"到底是什么"All right"？

我的房间当然静悄悄的，但是我开门要进去的时候，却不知为什么感到有些害怕。我迟疑了一下，然后大着胆子进了房间。我尽量不看镜子，在桌子前的椅子上坐了下来。椅子是接近蜥蜴皮的山羊皮面的安乐椅，我打开皮包拿出稿纸，想接着写一个短篇小说。但是蘸上墨水的钢笔却过了很长时间一动也没动，刚要开始写，连续写出来的却全是一样的字："All right...All right...All right sir...All right..."

这时，床边的电话突然响了起来。我吓了一跳，站起来拿起话筒答应着：

"哪位？"

"是我，我……"

对方是我姐姐的女儿。

"怎么啦？出什么事了吗？"

"是的，出大事了。反正……出大事了，刚才我给婶婶也打了电话。"

"大事？"

"是的，您马上回来吧，马上啊。"

电话挂断了，我把话筒挂回原处，条件反射似的按铃。可是我自己清楚地感觉到，我的手在颤抖。侍者久久不来，比起焦急，我更感到痛苦。我按了好多次铃，虽然这时我终于弄懂了命运告诉我的"All right"这个词。

我姐夫那天在离东京不远的乡下被轧死了，身上还披着不合季节的雨衣。我现在还在那家饭店的房间里写短篇小说，深夜走廊上没有一个人走动。但是，门外常常能听见翅膀的扇动声，也许什么地方养着鸟。

二　复仇

早上八点，我在这家饭店的房间里醒了。但

我要下床的时候，发现拖鞋莫名其妙地只剩一只。十二年里，这是经常让我恐怖、让我不安的现象，还让我联想起希腊神话里一只脚穿着凉鞋的王子形象。我按铃叫侍者来，让他帮我找另一只拖鞋。侍者一脸不高兴，在狭窄的房间里到处找。

"在这儿呢，在浴室里呢。"

"怎么又跑到那儿去了？"

"谁知道呢，也许是耗子拖的。"

我让侍者走后，喝着没加牛奶的咖啡，开始润色刚写的小说。四边镶成岩石框的窗户朝向积雪的庭院，我每次停下笔，就呆呆地望着庭院。积雪在长了花蕾的瑞香花下，被城市的煤灰弄得很脏，这是给我的心带来某种伤害的风景。我抽着香烟，心想还是该动笔了，写妻子的事、孩子的事，特别是姐夫的事……

姐夫在自杀前曾经蒙受纵火的罪名，其实这也是有口莫辩的事。他在房子失火前，以房价的两倍保了火险，而且他还是犯伪证罪被判缓刑的人。但是，让我不安的不光是他的自杀，而是我每次回东京必会看见失火。或在火车上看见山林失火，或在汽车里看见（当时和妻子在一起）常盘桥附近失火。在他家被烧之前，我就已有预感，我家要发生火灾。

"今年我们家没准要失火呢。"

"怎么说这么不吉利的话……要是被火烧了那就惨了，咱们又没上保险……"

我们曾经聊过这些事，可我们家倒是没着火——我尽量不去胡思乱想，又想动笔写下去，但是钢笔却一行也不能顺利地写下去。我终于离开桌子倒在床上，开始看托尔斯泰的《波里库什卡》[1]。小说的主人公具有虚荣心、病态倾向和名誉心交织在一起的复杂性格。要是把他一生的悲喜剧多少加以修正的话，就成了我这一生的讽刺画。特别是在他的悲喜剧里，我感到了命运的嘲弄，这渐渐让我感到不寒而栗。还不到一个小时，

1　原文为"Polikouchka"，应作"Polikushka"，托尔斯泰于1863年创作的中篇小说，讲述的是性情温和但意志薄弱的农民波里克依受主人之托进城取钱，一路上惴惴不安，最终还是将钱遗失的故事。

我就从床上跳了起来，使劲把书扔到垂着窗帘的房间角落。

"你去死吧。"

这时，一只大耗子从窗帘下斜着在地板上跑过去，钻到浴室里去了。我大步跨到浴室打开门找，可是在白色浴室的角落里也没看见什么耗子。我一下子害怕了，慌忙脱下拖鞋换上鞋，走到没有人影的走廊。

今天的走廊还是像监狱一样令人忧郁。我低着头，沿着楼梯走上去又走下来，不知不觉走进了厨房。厨房的光线非常明亮，有一排灶在烧着火。我经过那里时，感觉到几个戴白帽子的厨师冷眼看着我，同时我也感到了我所堕入的地狱。"神啊，惩罚我吧，请勿生怒，恐我将灭亡。"——这样的祈祷在这一瞬间自然而然浮上了我的嘴边。

一走到这家饭店的外边，我就匆忙走过雪融化后映出蓝天倒影的道路，朝姐姐家走去。路边公园的树木枝叶都已变黑，而且就像我们人类一样，每棵树皆有前脸、后背。这不仅让我不舒服，更给我恐怖的感觉，让我想起但丁描写的在地狱里变成树木的灵魂。我往高楼林立的电车路对面走去，可是在那儿也没顺顺当当地走上一百米远。

"正巧路过这里，真对不起……"

是个穿金色纽扣制服的二十二三岁的年轻人。我默默地注视着这个青年，发现他鼻子左边有一颗黑痣。他脱下帽子，怯生生地对我说：

"对不起，请问是 A 先生吗？"

"是。"

"我就觉得是您。……"

"有什么事吗？"

"不，只是想看看您。我也是爱看您的书……"

这时我已经摘了一下帽子，离开他走了。先生、A 先生——这是最近最让我不高兴的话。我相信我犯了所有的罪恶，而他们在寻找着机会连续管我叫先生。我不能不感到这里有某种嘲弄的意思。是什么呢？可是我的物质主义不能不拒绝神秘主义。两三个月前我曾在一家小同人杂志上发表过这样的话："以艺术上的良心为首，我没有什么良心，有的只是神经……"[1]

姐姐带着三个孩子，住在搭在空地上的临时房屋里避难，四壁贴着褐色纸的屋里比外边还冷。我在烤火盆上烤着手，聊着各种事情。身体强壮的姐夫本能地看不起比他细瘦一半的我，还公开说我的作品不道德。我总是很冷淡地对待他，从来没和他促膝谈过心。可是我在和姐姐说话的时候，渐渐地悟出了这样的道理：他也和我一样堕入地狱了。他就是我在火车卧铺车厢里见到的那个幽灵。我给香烟点上火，继续尽量只谈钱的事。

"反正都这个时候了，我想把东西全卖了。"

"也只能这样了。打字机还能换几个钱吧？"

"嗯，另外还有画。"

"那么N（姐夫）的肖像画也卖吗？可是那个……"

我一看见挂在临时房子的墙上没有框的那张

---

1 参见芥川的小品《我》、格言集《侏儒警语》、遗稿《暗中问答》。

蜡笔画，就感到不能再说迂腐的笑话了。由于他是被火车轧死的，脸全成肉块了，只剩下了点胡子。这话说起来都有点儿吓人。不过，他的肖像画无论什么地方都画得很完整，就是胡子不知为什么模模糊糊的。我以为是光线的关系，于是从各个角度看着这幅蜡笔画。

"干什么呢？"

"没什么……只是那幅画的嘴边……"

姐姐稍稍回头看了看，好像没注意到什么似的回答说：

"只有胡子好像薄了点。"

我看到的不是错觉。可是如果不是错觉的话……我没等到午饭时间就要离开姐姐家。

"哎呀，这也行吧？"

"等我明天再……今天要到青山去。"

"啊，去那儿啊？身体不舒服吗？"

"还是老吃药。光是安眠药就多得不得了，什么佛罗拿、诺洛纳、三唑仑、诺玛尔……"

三十来分钟后，我走进一座大楼，坐电梯上

了三楼。我想推餐厅的玻璃门进去，可是玻璃门根本推不动。这还不算，门上还挂着一块写着"休息日"的黑漆木牌。我更不高兴了，只好隔着玻璃门看了看里边桌子上堆着的苹果和香蕉，就又回到街上。

这时两个公司职员模样的男人兴高采烈地聊着什么，要进这座楼的时候，擦着我的肩过去了。我听见其中一个人好像说了一声"真让人着急啊"。

我站在大街上等出租汽车，可出租汽车却总也不来，即使来，也一定是黄颜色的出租汽车（不知道为什么，黄色的出租汽车总让我惹上交通麻烦）。又等了一会儿，等到一辆我觉得能带来好运的绿色出租车。我决定，无论如何，先到离青山墓地很近的精神病院去。

"真让人着急啊——Tantalizing（焦急）——Tantalus（坦塔罗斯）[1]——Inferno（地狱）……"

---

1 坦塔罗斯，希腊神话中宙斯之子。因泄漏天机被罚站在上有果树的水中，渴时要喝水，水则退下；饥时要吃果子，则树枝升高，处于永恒的痛苦之中。

坦塔罗斯其实就是隔着玻璃门看里边桌上堆着的苹果和香蕉的我自己。我诅咒了浮现在我眼前的但丁地狱两次，眼睛直盯着出租车司机的后背。这时我又感到世界上的一切都是谎言。政治、实业、艺术、科学——对于我来说，这些都不过是掩盖令人恐惧的人生的杂色汽车亮漆。我渐渐感到呼吸困难，于是摇下车窗，可心脏被揪紧似的感觉仍然没有消失。

绿色出租车终于开到神宫前，那里应该有一条拐向那家精神病院的小巷。可是今天不知为什么，就连那条小巷我也找不着了。我让出租车沿着电车的轨道来回转了好几趟之后，终于泄气地下了车。

我在坑坑洼洼的路上走着，好不容易发现了那条小胡同。可是我又弄错了路，走到了青山殡仪馆的前面。算起来，十年前参加了夏目先生的告别式之后，我就再也没从殡仪馆门前经过过。十年前的我过得并不幸福，不过至少还算是生活得比较安稳。我朝铺着沙石的院子里张望，想起了"漱石山房"的芭蕉，不能不感到我的这一生也已经告一段落了。而且我也明白了到底是什么让我在第十个年头的今天又来到墓地前。

从那家精神病院出来后，我又坐上汽车，准备回原来那家宾馆。可是在那家宾馆前一下车，却看见一个穿雨衣的人在和茶房吵架。茶房？——不，其实那不是茶房，是个穿绿衣的司机。这让我有种进这家宾馆不大吉利的感觉，于是我转身按原路踅回去了。

这么来回折腾一通，等我走到银座大街，已近黄昏时分了。我看着路两边的店铺和熙熙攘攘的人流，感到心里很憋闷。特别是看见街上的人们好像都不知道什么是罪过似的迈着轻快的脚步，这更让我不高兴。我在暗淡的天色和电灯的光线中一直朝北走，走着走着，一家堆满杂志的书店吸引了我的视线。我走进书店，漫无目的地抬头看着不知有几层的书架，然后找到一本《希腊神话》翻看起来。黄色封面的《希腊神话》好像是写给小孩子看的，可是看着看着，其中的一行竟给了我很强的刺激。

　　"就连最伟大的宙斯神也敌不过复仇之神……"

　　我离开这家书店，走进了人流。不知不觉之中，我感到复仇之神正不住地盯着我已微驼的后背……

三　夜晚

　　我在丸善书店的二楼书架上发现了一本斯特林堡的《传说》，并翻看了两三页，书里写的和我的经验并没有大的出入，并且书的封面是黄色的。我把这本《传说》放回书架，接下来几乎就是顺手取下一本厚厚的书。可是这本书里的一张图也画满了和我们人一样长着鼻子眼睛的齿轮（这是一个德国人搜集的精神病人的画集）。我心里不知不觉在忧郁中有了反抗的情绪，就像输得红了眼的赌徒一样，翻开一本本的书。但是，不知为什么，每一本书的文字和插图里多少都隐藏着一些针。每一本书？就连我拿起已经看过好几遍的《包法利夫人》的时候，都觉得自己也成了中产阶级包法利先生了……

黄昏里的丸善书店二楼，除了我没有第二个顾客。我在电灯光里穿行在书架之间，最后在挂有"宗教"标牌的书架前停住脚步，挑了一本绿色封面的书翻看。书的目录里，有一章的题目是"四个可怕的敌人：猜疑、恐怖、傲慢、性欲"。我一看见这些词汇，立刻觉得心里冒出了对立的情绪。那些被看作敌人的东西是我的敏感和理智的别名。可是，传统的精神仍旧像近代精神一样让我不幸，这让我感到更难以忍受。我手里拿着这本书，不由得想起我曾经用过的一个笔名："寿陵余子"。这个笔名出自《韩非子》，说的是寿陵一个年轻人邯郸学步不成，却把寿陵的走法忘了，最后只有匍匐蛇行归乡的故事。我今天的样子，无论在谁看来肯定都像寿陵余子。可是还没堕入地狱的我却把这个用来当笔名——我想尽量离书架远一点，以摆脱胡思乱想，就走进了对面的招贴画展室。那里有一张招贴画，上面好像是圣乔治骑士，正在刺杀一条长着翅膀的龙。可是骑士的头盔下露出半张像是我的敌人的苦脸。我又想起了《韩非子》里屠龙之技的故事，于是没看完展览就转身走下宽阔的台阶。

天已经黑了，我走在日本桥大街上，心里还在想着"屠龙"这个词。这个词也是我砚台上的铭文。那块砚台是一个年轻实业家送给我的，他在各种事业上屡屡失败，最后终于破产了。我打算抬头仰望高高的天空，想想在无数的星辰中地球是多么小，接着再想想我自己是多么渺小。可是白天还晴得好好的天不知什么时候全阴了，我突然感到有什么东西在故意和我过不去，就跑到电车轨道对面的一家咖啡馆里避难去了。

的确是"避难"。咖啡馆里玫瑰色的墙壁给我平和的感觉，我终于舒舒服服地在最里面的桌子前坐了下来。非常幸运，咖啡馆里除了我之外只有两三个客人。我要了一杯可可，小口啜着，和平时一样抽起了烟，微蓝色的烟雾升上了玫瑰色的墙壁。这种温柔协调的色调也让我心情舒畅。可是过了一会儿，我注意到挂在我左边墙上的拿破仑画像，心里又不安起来。拿破仑还是学生的时候，曾在地理教科书的背面写上"圣赫勒拿，小小的海岛"。这也许像我们所说的，只是一种偶然，但是这却让拿破仑本人都感到了恐怖……

我注视着拿破仑，想起了自己的作品。于是首先想起来的是《侏儒警语》里的警句（特别是"人生比地狱还地狱"一句）。还有《地狱变》里的主人公——画师良秀的命运。还有……我吸着香烟，为了摆脱这种回忆，打量起这家咖啡馆来。我跑到这儿来避难是不到五分钟前的事，可是就在这短短的时间里，这家咖啡馆完全变了样。其中最让我不高兴的，是仿桃花心木的桌椅跟玫瑰色的墙壁一点儿也不协调。我唯恐陷入别人看不见的苦痛之中，于是掏出一枚银币就要匆匆离开咖啡馆。

"喂，要两毛钱……"

原来我给的是一枚铜币。

我感到很屈辱，一个人在大街上走着，不由得想起我在远处树林里的家。我说的不是郊区的养父母家，而是我给自己的家小租的房子。算起来我从十年前就住在那里。但为了一件事，我轻率地决定和父母住在一起，同时变成了奴隶、暴君、无力的利己主义者……

回到原来那家旅馆时已经十点了。走了远路后，我连回到自己房间的力气都没有了，一下子坐在烧着粗木头的火炉前的椅子上，接着就思考起我计划要写的长篇来。主人公是从推古[1]到明治时代的老百姓，这个长篇大体由三十篇短篇构成，以时代为顺序。我看着炉子里的火星朝上蹿，忽然想起宫城前的一座铜像。那座铜像身穿甲胄，心怀忠义之心跨在马上。可是他的敌人……

"撒谎！"

我的视线又从遥远的过去落回眼前。这时，

---

1 日本古代女天皇，554 年至 628 年在位。

幸亏一个比我年长的雕刻家来了。他仍然穿着天鹅绒的外套，留着短短的山羊胡子。我从椅子上站起来，握着他伸出来的手（这不是我的习惯，而是为了尊重在巴黎和柏林生活了半辈子的他的习惯）。可是，他的手像爬虫类的皮肤一样湿漉漉的，让人觉得不可思议。

"你住在这儿啊？"

"啊……"

"是为了工作？"

"噢，也是为了工作。"

他直直地看着我，我觉得他的眼神像个侦探。

"怎么样，到我的房里聊聊？"

我挑战似的说着（我平时就没这种胆子，所以用这种挑战的口吻成了我的恶习）。听了我的话，他微笑着反问："你的房间在哪儿？"

我们像好朋友一样肩并肩穿过一些正在悄声说话的外国人，回到我的房间。他一进我的房间就背对镜子坐下，天南海北地和我聊了起来。说是天南海北，其实聊的大多都是关于女人的事。

我准是犯了罪堕入地狱的人。正因为如此，有关犯罪的事更让我心情忧郁。我有时成了清教徒，去嘲笑那些女人：

"你看 S 子的嘴唇，不知和几个男人接吻才成了那样……"

我忽然闭上了嘴，从镜子里注视着他的背影。他的耳朵后面正好贴了一块膏药。

"你这是因为和好几个人接吻才这样的？"

"你就会像那些人那么想。"

他微笑着点了点头。我感觉到他心里已经知道我的秘密，正在不停地注视着我。不过我们的话题还是离不开女人。比起恨他来，我倒是对自己的软弱感到羞愧，于是心情更加郁闷了。

好容易等他走了，我倒在床上开始看《暗夜行路》，小说主人公的种种精神抗争让我感同身受。我觉得比起小说的主人公来，我简直就是个傻子，不知不觉竟流下眼泪。眼泪也让我的心情平和下来。但是没过多久，我的右眼又出现了半透明的齿轮。这回齿轮仍然是越转越多。我生怕头痛，于是把书放在枕边，咽下零点八克安眠药，准备不管怎么样，先好好睡一觉。

可是睡梦中我却在看一个游泳池。游泳池里有几个小孩在游泳、潜水，我转身背对游泳池，朝对面的松林走去。这时，不知谁在背后喊我："他爸！"我略微回了一下头，看见了站在游泳池边的妻子。与此同时，我又感到后悔得不得了。

"他爸，毛巾呢？"

"毛巾不能带进来。你好好看着孩子。"

我又继续往前走，可是不知怎么回事，我走到了车站月台上。看起来那是一个乡下车站，月台边种着长长的灌木篱笆。月台上还站着一个叫H的大学生和一个上了年纪的女人。他们一看见我就凑到我跟前，抢着和我说话。

"是不是着大火了？"

"我也是好容易才逃到这儿来。"

那个女的我好像在哪儿见过，和她说话，我还感到有一种兴奋的感觉。正在这时，火车喷着烟静静地停在月台边。我一个人上了车，在两边垂着白布的卧铺车厢里走着。这时我看见一张卧铺上，有一个木乃伊似的裸体女人躺在那儿。这肯定又是我的复仇之神——一个疯子的女儿……

我刚一醒过来，就不由自主地一骨碌跳下床。我的房间在电灯光里还是那么亮，可是不知从哪儿还传出了拍打翅膀和耗子撕咬的声音。我开门，沿着走廊急匆匆走到炉子前，坐在椅子上，注视摇曳不定的火苗。这时一个穿白工作服的茶房走过来给炉子添柴。

"几点了？"

"三点半左右了。"

在我对面大厅的一角，一个像是美国人的女人正在看着什么书。就是从远处也能看出来她穿的衣服是一件绿色的连衣裙。不知为什么，我觉得我有救了，于是打算就这样等到天亮，就像熬过长年的病痛之后，静静等死的老人一样……

四　还没完

　　我终于在这家宾馆里完成手头这篇短篇小说，准备寄给一家杂志社。当然，那点稿费还不够我在这儿住一个星期的房钱。不过，我对能完成这件工作感到挺满意。为了找点精神上的兴奋剂，我决定去银座的一家书店。

　　冬天阳光照射下的沥青路上有几张纸屑，那几张纸屑因光线照射的不同，看上去就像玫瑰花一样。不知怎的，我心里感到一种安慰，就走进了那家书店。那家书店也比平时要干净许多，只是看见一个戴眼镜的女孩正在和店员说话，这不能不让我感到不舒服。不过，我一想起掉在路上像玫瑰花的纸屑，就决定买下《阿纳托尔·法朗士[1]对话集》和《梅里美[2]书信集》。

　　我抱着两本书进了一家咖啡馆，坐在最靠里

1　阿纳托尔·法朗士（Anatole France，1844—1924），法国小说家、评论家，代表作有《苔依丝》。

2　普罗斯佩·梅里美（Prosper Mérimée，1803—1870），法国小说家、学者，代表作为《高龙巴》《卡门》。

的桌边等咖啡。我对面坐着一男一女，好像是母亲和儿子。儿子比我还年轻，和我长得像极了。他们就像一对恋人一样脸凑脸说着话。我看着他们，觉得那个儿子多少意识到了自己在性的方面也给了母亲安慰。这其实也是我曾有过经验的一种亲和力的例证，而同时，这肯定也是把现世化为地狱的某种意识的一例。然而，我怕自己又陷入痛苦之中——正在这时，咖啡来了，我开始看起《梅里美书信集》来。梅里美的书信也和他的小说一样，充满尖锐的格言警句式的魅力。那些格言警句让我的心变得像铁一样坚硬（容易受到这种影响也是我的缺点之一）。我喝完一杯咖啡后，心想，"管他的呢，我什么都不怕"，快步把那家咖啡馆甩在了身后。

我在大街上走着，看着商店各种各样的橱窗。一家相框商店的橱窗里挂着一幅贝多芬的肖像，那是一幅头发倒立的真正天才的画像，可我却不由得觉得画像里的贝多芬很滑稽……

这时，忽然碰上一个高中时代的老朋友。这

位大学应用化学教授手里抱着一个折叠式皮包，一只眼睛红红的，还流着血。

"你的眼睛怎么啦？"

"这个呀，只是结膜炎而已。"

我忽然想到这十四五年来，只要我想起亲和力来，眼睛就会像他一样得结膜炎。不过我什么也没说。他拍了拍我的肩，我们聊起朋友们的事，聊着聊着，他又把我带进了一家咖啡馆。

"真是好久不见了，大概从朱舜水碑的建碑仪式后就没见过吧？"

他给雪茄点上火，隔着大理石桌子对我说道。

"就是，那个朱舜……"

不知为什么，我总也不能准确地发出朱舜水的发音，这就是日语本身给我带来的些许不安。可是他对这个并不在意，还是天南地北地聊着，说起小说家K、他买的英国狗、毒瓦斯……

"你一点儿都没写呀？你的《点鬼簿》我看了，可是……那是你的自传吗？"

"嗯，是我的自传。"

"有点儿病态呀。最近身体怎么样？"

"还那样，一直吃药。"

"我最近也老失眠。"

"也？你怎么说也呢？"

"你不是说老失眠吗？失眠症可危险啊……"

他只有左眼充血的眼睛里现出了近乎微笑的表情。我在回答前注意到自己发不好失眠症的"症"字的音。

"对于疯子的儿子来说很平常。"

没过十分钟，我就又一个人走在大街上。沥青路面上的纸屑时时看上去像人的脸一样。这时，从对面走过来一个剪短发的女人。那个女人从远处看长得挺漂亮，可是等走到眼前一看，不仅长得很丑，脸上还有很多小皱纹，好像还怀了孕。我不禁转过脸去，走进旁边宽阔的街道。可是没走多远，我的痔疮又疼了起来，这种疼痛除了坐浴之外没法止住。

"坐浴——贝多芬也曾经坐浴来着……"

坐浴时使用的硫黄味直冲我的鼻子，当然现在街上也没看见哪儿有硫黄。我又想起路上纸屑上开出的玫瑰花，强忍着疼痛继续走着。

过了差不多一个钟头以后，我把自己关在房间里，坐在窗边的桌子前，开始动手写新的小说。笔在稿纸上不停地移动，这让我都感到吃惊。但过了两三个小时后，我的眼睛就像被人蒙住了一样。我不得不离开桌子，在房间里到处转圈。我的妄想症状在这个时候是最明显的。我在野蛮的兴奋中觉得自己没有父母，也没有妻小，只有从笔下流淌出来的生命。

可是过了四五分钟之后，我想到一定要打个电话。电话里的几次回答，都只是重复几句听不明白的话，反正我听起来就像是"莫尔"。我终于离开电话，又在屋子里来回走，心里无论如何还是惦记着那个"莫尔"。

"莫尔——Mole。"

"莫尔"就是英语里鼹鼠的意思，这个联想也让我不高兴。但是，两三秒后，我把"mole"改拼成了"la mort"。La mort——这个词在法语里是死亡的意思，它忽然让我不安起来。就像曾逼迫过我姐夫一样，死亡现在好像也来逼迫我了。可是我在不安中又感觉到某种可笑的东西，不仅如此，我还不知不觉地微笑了起来。这种可笑的东西是因何而起的呢——这我自己也弄不明白。我久违地站在镜子前，端正地和自己的映像重合在一起。我自己的映像当然在微笑。我注视着自己的映像，想起了另一个我。另一个我——居然幸运地没在我身上看到德国人所谓的 Doppelgaenger（双重人格）。可是成为美国电影演员的 K 君的夫人在帝国剧场的走廊上看到了另一个我。（K 君的夫人突然对我说："你这个前辈也不和我们打个招呼。"我记得自己当时真是有些困惑。）另外就是如今已成故人的某独脚翻译家，在银座的一家香烟店里看见过另一个我。死可能已经来到了另一个我的身上，或者干脆已经到了我身上——我背对着镜子，又回到窗前的桌旁。

　　透过四周是石灰岩框的窗子可以看到枯草和

水池。看着这个院子，我想起在远处松林里烧掉的几个笔记本和没写完的剧本。接着我拿起笔，又开始写新小说。

五　赤光 [1]

阳光开始折磨我了。我就像只鼹鼠一样，把窗帘拉上，大白天也开着灯，不停地写已经开了头的小说。写累了的时候我就翻开泰纳 [2] 写的《英国文学史》，看看诗人们的一生。他们都非常不幸，就连伊丽莎白时代的巨人——一代学者本·琼生 [3] 也曾陷入精神疲劳之中，他甚至在自己的大脚趾上观察罗马和迦太基开战的形势。对于他们的这等不幸，我心里竟没法不感到充满残酷恶意的

1　著名和歌诗人斋藤茂吉的诗集，表现现代人的悲哀、孤独，讴歌朴素而强烈的生命意识，其中有吟咏疯子的诗歌。

2　泰纳（H. Taine，1828—1893），法国文学评论家，国内出版有傅雷译《艺术哲学》。

3　本·琼生（Ben Jonson，1572—1637），英国剧作家、诗人。

喜悦。

在刮着猛烈东风的一个晚上（这对我是个好兆头），我走出地下室，来到大街上，去看望一个老人。他在一家圣经公司里当差，同时认真地祈祷和读书。我们在火盆上烤着手，在挂着十字架的墙边聊着天。我母亲为什么疯了？我父亲的事业为什么失败了？我为什么受到了惩罚？——知道这些秘密的他，脸上露出奇怪而稳重的微笑，总是陪着我，还时时用简短的话描绘出人生的漫画。在这间屋子里我没法不尊敬这位隐士。可是在和他的谈话中，我发现他也被亲和力所左右着。

"那个花木店的姑娘长相好，脾气也好——而且对我也热情。"

"多大了？"

"今年十八。"

这也许是一种父亲般的爱，可是我从他眼神里感到了热情。不知不觉中，我从他递给我的发黄的苹果皮上看出独角兽的模样（我还常常从木头花纹和咖啡杯的龟裂上发现神话中的动物）。独角兽就是麒麟。我想起一个对我抱有敌意的批评家说我是"九百一十年代的麒麟儿"的话，觉得挂着十字架的房檐底下也不是安全地带。

"怎么样，你最近？"

"仍然总是觉得焦躁不安。"

"你这个病吃药也不管用。你不打算信教吗？"

"要是我这样的人也能信的话……"

"一点儿也不难。只要你相信神，相信神的儿子基督，相信基督的奇迹就成……"

"我相信恶魔，可……"

"那你为什么不信神呢？如果你相信影子的话，那么也应该相信光啊。"

"不是也有没有光的黑暗吗？"

"你说的没有光的黑暗是？"

我只能不说话了。他也像我一样在黑暗里走着，但是，我相信既然有黑暗就会有光明。我们的理论之不同就仅仅在这点上。可是这对我来说，至少是不可逾越的鸿沟……

"光肯定是有的，证据就是有奇迹发生……奇迹大概现在也会常常出现呢。"

"那是恶魔制造的奇迹……"

"你怎么又提恶魔之类的呢？"

在这一两年间，我心里总有一种想把自己经历的事告诉他的冲动。可他要是把我说的告诉妻子的话，我怕自己也像妈妈一样被送进精神病院。

"那是什么？"

这位身躯魁梧的老人回过身看着旧书架，脸上露出一种牧羊神似的表情。

"是陀思妥耶夫斯基全集。你看《罪与罚》吗？"

十年前我就看过四五本陀思妥耶夫斯基的书了。不过，我偶然（？）被他说的话所感动，就借了这本《罪与罚》，回了饭店。在电灯的照耀下，众多行人来来往往的大街仍然让我觉得不舒服，特别是碰到熟人更是让我受不了。我尽量挑街灯不亮的地方走，就像小偷一样。

可是过了一会儿，我觉得胃疼，要止住疼只有喝一杯威士忌。我找到一家酒吧，推门想进去。可是一看，狭窄的酒吧里烟雾腾腾，几个艺术家模样的青年正围在一起喝酒。他们中间还有一个梳着遮耳发型的女人，一个人起劲地弹着曼陀铃。我忽然觉得很犹豫，于是没进屋，转身走了。这时，我才发现我的影子在左右摇晃，而照射我的是有些瘆人的红光。我在街上站住了，可是我的影子却仍然在我的面前不停地晃动。我大着胆子往身后看，终于发现了酒吧房檐下的彩色玻璃吊灯。原来是吊灯在大风里缓缓地摇晃着……

我这回进去的是一家在地下室开的餐馆。我站在这家餐馆的吧台前，要了一杯威士忌。

"要威士忌吗？这儿只有 Black and White（英国高级威士忌）……"

我往苏打水里倒威士忌，什么也没说，只是开始小口小口地喝着。我身边有两个三十多岁，看起来像报社记者的男人正悄悄聊着什么，他们说的是法语。我背对着他们，全身都感到了他们的视线。那声音就像电波一样辐射到我的身体上。他们其实知道我的名字，好像就在说有关我的事。

"Bien...très mauvais...pourquoi...（真的是……太坏了……为什么……）"

"Pourquoi？le diable est mort！...（为什么呢？魔鬼死了！……）"

"Oui, oui...d'enfer...（是的，是的……地狱的……）

我丢下一块银币（我身上最后一块银币），转身就逃到了地下室外。大街上晚风吹过，胃痛多少有所缓解，让我的神经坚强了许多。我想起拉斯柯尔尼科夫[1]，感到有种想要忏悔一切的欲望。但是，这不仅会使我自己——不，应该说不仅会使我家的人，也肯定会使其他人遭遇悲剧。这还不说，我的这个欲望是真是假，也还值得怀疑。要是我的神经和别人同样坚强的话——为了这一

---

[1] 《罪与罚》的主人公。

290

点我必须到什么地方去旅行，到马德里、里约热内卢、塔什干去……

这时，吊在一家店铺屋檐下的一块白色小招牌突然让我紧张起来。上面画着长着翅膀的汽车轮胎的商标。看到这个商标，我想起了依靠人工翅膀飞行的古希腊人。他虽飞上天空，但翅膀被太阳光烤化，最终掉进大海淹死了。去马德里，去里约热内卢，去塔什干——我不能不暗自嘲笑我的这些梦想。同时也自然而然地想起被复仇之神追赶的俄瑞斯忒斯[1]。

我沿着运河在灯光暗淡的街上走着，忽然想起住在郊区的养父母。养父母一定天天盼着我回去，大概我的孩子也是——可要是回去的话，我又不由自主地惧怕某种力量会束缚我。在波浪翻腾的运河上横着一艘大船，船的底部露出微弱的灯光。船里大概有几对男女在一起生活吧，他们大概也在互相爱着或恨着……这时我心里又重新

---

1 希腊神话中的人物，阿伽门农的儿子，他杀死了谋害亲夫的母亲及其奸夫。

有了战斗的激情，感觉到了威士忌的醉意，便往饭店走去。

我又坐在桌前接着看《梅里美书信集》，不知不觉中又获得了生活的力量。但是，当我知道梅里美在晚年成了新教徒时，顿时想象出他戴着面具的模样。他也是一个像我们一样在黑暗中行走的人而已。在黑暗中？对我来说，《暗夜行路》开始变成一本可怕的书。我为了忘掉忧郁，拿起《阿纳托尔·法朗士对话集》看了起来。可是，这位近代的牧羊神也背负着十字架……

过了大约一个钟头，茶房来到我的房间，递给我一沓邮件。其中有一封信是莱比锡的一家书店寄来的，要我写一篇题为《近代日本的女人》的小论文。他们为什么专门找我写这篇论文呢？在这封英语写的信上，他们还添了手写的一句："您的论文即使像日本画里只有黑白没有其他颜色的女人肖像画，我们也会非常满意。"我看着这行字，想起了 Black and White 这个威士忌酒的名字，我一下子把信撕得粉碎。接着我又顺手打开另一封信，拿着黄色的信纸看了起来。写这封信的是一个不认识的年轻人，才看了两三行，他写的"您的小说《地狱变》"这句话就让我气不打一处来。第三封信打开后，发现是我外甥写来的。我这才定了定神，看他写的家事，但最后几句话还是一下子把我击垮了。

"给您附上再版的歌集《赤光》……"

赤光！我觉得自己在冷笑，只好跑到房间外去避难了。走廊里一个人影也没有，我用一只手扶着墙壁，好容易走到楼下大厅。我在椅子上坐下，给香烟点上火。香烟不知为什么是 Airship 牌的（我在这家饭店住下后，一直抽的是 Star 牌），人工翅膀又一次在我的眼前浮现。我招呼对面的茶房过来，让他给我去买两盒 Star 牌香烟。可要是茶房的话能信的话，偏巧只有 Star 牌香烟卖光了。

"Airship 牌的话倒还有。"

我摇摇头，眼睛巡视着宽阔的大厅。我的对面有四五个外国人围坐在桌子旁聊天，他们中间

的一个人 —— 一个穿着红色连衣裙的女人，小声地和其余的人说着话，好像还时时朝我这边看看。

"Mrs. Townshead...（唐斯海德夫人……）"

一个看不见的东西在我耳边小声说了一句就走开了。就算这是坐在对面的女人的名字，我当然还是不认识什么唐斯海德夫人。我从椅子上站起来，唯恐自己发了疯，马上回到自己的房间。

一回到房间，我就准备给精神病院打电话。但是，要是进了精神病院我也就和死差不多了。我思前想后犹豫了很久，为了稳定一下情绪，我翻开了《罪与罚》。可是偶然翻开的一页就是《卡拉马佐夫兄弟》里的一节。我以为拿错了书，就翻回书的封面看。《罪与罚》 —— 没错，就是《罪与罚》呀。我觉得是印刷厂装订错了，而我又正好打开了装错的一页，这完全是命运的手指所为，我也不得不看下去。可是还没看完一页，我就感到身子发起抖来了。我看的是描写伊万[1]被恶魔折

1　《卡拉马佐夫兄弟》主人公三兄弟中的二哥。

磨的一节。描写伊万，描写斯特林堡，描写莫泊桑，或者是描写在这间房间里的我的一节……

能拯救现在的我的唯有睡觉，可是安眠药却一包也没有了。睡不成觉只有继续受煎熬。然而，这时的我心里产生了绝望的勇气，叫来了咖啡后，拼了命发疯似的写着。两页、五页、七页、十页，眼看着稿纸就堆了起来。我在这部小说里写的全是超自然的动物，我还把其中的一只动物描写成了我的自画像。渐渐，疲劳使我头昏起来，我终于离开桌子仰面朝天躺在床上。接着我好像睡了四五十分钟，又觉得有人在我耳边悄声说话，我一下子睁开眼睛站了起来。

"Le diable est mort.（恶魔死了。）"

不知什么时候，石灰岩窗框的窗外已经亮了，看上去冷冰冰的。我站在门前，看着没有一个人的房间。这时，我发现对面窗玻璃上呈现出水汽形成的斑斑驳驳的小风景图案，好像是发黄的松林对面海岸的风景。我怯生生地凑近窗边，发现形成这种风景的其实是庭院里的枯树枝和池塘。

不过，这种错觉却似乎不知不觉中使我心里涌起了对家的思念。

等到九点钟的时候，我给一家杂志社打了电话，向他们要了点钱。我一边往皮包里装了桌子上的几本书，一边做出决定，回家去。

六　飞机

我在东海道线的一个车站，坐上了一辆开往山里避暑地的汽车。不知为什么，这么冷的天里司机却穿了一件旧雨衣。我对这种巧合感到害怕，就尽量不去看他，而把头转向窗外。这时我看到，在长着低矮松树的对面——恐怕是古老的街道上，正有一队送葬的队伍走过。队伍里好像还有人提着糊上白纸的灯笼和佛前用的灯笼，金银纸做的莲花静静地在灵柩前摇晃着……

好容易才到家后，我靠着妻子和安眠药的力量，相当安稳地过了两三天。在我家的二楼，能隐隐约约看到松林对面的大海。我只有上午在二楼的桌子前，一边听着鸽子的叫声，一边工作。除了鸽子和乌鸦之外，麻雀也会飞到走廊来，这让我心情很舒畅。"喜鹊入堂"，我拿着笔，每每想起这句话。

一个暖洋洋的阴天下午，我到一家杂货店去买墨水。可是店里摆的墨水全是暗褐色的，平时暗褐色的墨水就比其他任何一种墨水都让我讨厌。我不得不离开这家店，一个人慢腾腾地在行人很少的街上走着。正在这时，有一个好像是近视眼的四十岁左右的外国人，耸着肩膀从对面走过来。他是住在这里的一个患迫害妄想症的瑞典人，而且名字就叫斯特林堡。我和他擦肩而过的时候，觉得身上有一种感应。

这儿只有两三条街道。可就在走过这两三条街道的时候，我居然四次碰见一只只有半边脸是黑色的狗。我往小巷里拐，想起了 Black and White 这种威士忌酒。不但如此，我还想起了斯特林堡那黑白相间的领带。对我来说，这绝对不是偶然，如果不是偶然的话——我感到只有我的脑袋在往前走，就在街道上站住了。路边铁栅栏里，一只彩色玻璃碗被扔在那里，碗底周围有凸起的翅膀样的花纹。这时，几只麻雀从松树枝头飞了下来，可它们好像商量好了似的，一接近那只碗就又逃到空中……

我去了妻子的娘家，在院子里的藤椅上坐了下来。院子一角的铁丝网里，有几只白色的来航鸡静静地走着，一只黑狗跳到我的脚边。我急于弄清楚谁也不懂的疑问，所以在别人看来可能像是很冷淡地在和妻子的妈妈和弟弟聊着天。

"这儿真安静啊。"

"这儿确是比东京静点。"

"这儿也有让人烦的事吗？"

"那当然了，这儿也是社会呀。"

妻子的妈妈说着笑了起来。实际上这个避暑地也是"世上"，我非常清楚仅仅在这一年左右的时间里，这儿就发生了多少罪恶和悲剧。打算慢慢毒杀患者的医生、放火把养子夫妇房子烧掉的老太太、要抢夺妹妹财产的律师 —— 看到这些人的房子时，我总觉得在人生中看到了地狱，二者毫无区别。

"这儿的街上有个疯子吧？"

"你是说 H 吧？他不是疯子，是变傻了。"

"是叫早发性痴呆症，我每次看见他都觉得很吓人。那家伙最近也不知是怎么想的，老是在马面观世音前施礼。"

"什么吓人啊，你得胆子大点才行……"

"大哥倒是比我这样的胆儿大……"

妻子的弟弟胡子也没刮，刚起床也没拾掇自己，仍然和过去一样小心地参加我们的谈话。

"胆儿大的人也有软弱的一面……"

"唉哟，这就麻烦了……"

我看看说话的妻子的妈妈，只有苦笑。这时妻子的弟弟也微笑着朝远处篱笆外的松林张望，一边专心地和我们说着话（我时时觉得这个年轻的大病初愈的弟弟是个脱离了躯壳的灵魂）。

"我还奇怪你为什么过着脱离社会的生活呢，

结果你作为人的欲望还挺强的……"

"你以为我是好人，结果我却是个坏人。"

"不，有没有比善恶更对立的……"

"那么就是大人里的小孩吧。"

"也不对，我说不太清楚，但是……大概就像电的两极吧。反正是相反的东西在一起。"

这时，让我吃惊的是，天上传来巨大的飞机声。我不由得往天上看，发现了一架低得快要擦到松树梢的飞机。飞机的翅膀漆成了黄色，是一架很少见的单翼飞机。鸡和狗听了飞机的声音都受到惊吓，纷纷四处逃窜。特别是狗，一边叫着，一边夹着尾巴往走廊下钻。

"这飞机不会掉下来吗？"

"不要紧的——大哥你知不知道飞机病？"

我给香烟点上火，摇了摇头，代替了"不"的回答。

"据说那些坐飞机的人在天上只能呼吸高空的空气，会渐渐受不了地面的空气……"

离开妻子的娘家，我在树枝一动不动的松林

里走着，感到自己越加忧郁了。那架飞机为什么不往别处飞，偏偏从我头上飞过呢？又为什么饭店里只卖 Airship 牌香烟呢？我苦苦思索着这些疑问，专找没有人的路走。

在阴沉的天气里，海在低矮的沙山那边显出一片灰色。在沙山上有一架没了秋千坐板的秋千架子。我看着秋千架，忽然联想到了绞刑台。实际上秋千架上还站着两三只乌鸦，那些乌鸦看见我，也没有要飞走的意思。这还不算，站在中间那只乌鸦还把大大的嘴伸向天空，的的确确叫了四声。

我沿着草已枯黄的土堤拐到通向很多别墅的小路。这条小路的右边仍旧是高高的松树，应该有一栋西洋式的两层木造楼立在树林里（我的好朋友把这座小楼叫作"春天的房子"）。可是走近一看，那里的混凝土房基上只有一个浴室水龙头。失火了——我这么想着，立刻离开了那里，尽量不再往那边看。这时，一个骑自行车的男人从对面一直朝我骑过来。他戴着深褐色的礼帽，奇怪的眼神直勾勾地盯着我，身子伏在车把上。忽然，我仿佛从他的脸上看到了姐夫的脸，我在还没到他跟前时，就拐到了旁边的另一条小路上。竟然有一只腐烂的死鼹鼠，翻着肚子躺在这条小路的正中。

总有什么在算计我，让我每走一步都感到不安。就在这时，一个个齿轮挡住了我的视线。我越发害怕最后时刻的来临，直直地挺着脖子走着。随着齿轮的增多，渐渐地，这些齿轮忽然转了起来，同时又和右边的松树枝静静地交织在一起，看上去就像隔着玻璃一样。我感觉到自己心跳加速，好几次都想在路边站住，可是就像有人推着我走一样，怎么也站不住……

过了大约半个钟头，我在二楼仰面躺着，紧闭着眼睛，强忍着头痛。这时，我的眼睛里出现了一只上面的银色羽毛像鱼鳞一样重叠在一起的翅膀，它清楚地映在我的视网膜上。我睁开眼睛看着天花板，在确认天花板上什么也没有之后，又一次闭上眼睛。可是银色的翅膀又在黑暗中清楚地出现了。我忽然想起我最近坐的汽车引擎盖上，也带有翅膀……

这时，我听见有人慌慌张张地上了楼梯，接着又脚步慌乱地跑了下去。我听出来是谁的太太，就慌忙起身，正好来到楼梯前昏暗的客厅。只见妻子伏着身子，拼命喘着气，肩膀还不住地颤抖着。

"怎么了？"

"不，没什么……"

妻子终于抬起头，强装笑脸说：

"没出什么事，只是觉得你要死了似的……"

这是我一生里最恐怖的经历。我已再没有力气往下写了，生活在这样的心境里，只有无法言说的痛苦。有谁能在我熟睡时把我掐死呢？

昭和二年（1927）遗稿

（宋再新　译）

暗中问答

一

一个声音　你是一个想法和我完全不一样的人。

我　　　　这不是我的责任。

一个声音　但是你自己加深了这种误解。

我　　　　我从来没去加深误解。

一个声音　可是你爱风流 —— 或者是假装爱。

我　　　　我是爱风流。

一个声音　你到底爱什么，是爱风流？还是爱
　　　　　　女人？

我　　　　两个我都爱。

一个声音　（冷笑）这看上去很矛盾呢。

我　　　　有谁觉得矛盾？爱女人的人也许并不

喜欢古瓷碗，可这是因为他没有爱古瓷碗的感觉。

一个声音　风流人必须选择其中之一。

我　我恰恰生性比风流人更加贪婪。不过也许有一天我会选择古瓷碗，而不去选择女人。

一个声音　那你可就不彻底了。

我　如果这是不彻底的话，那么得了流行性感冒用冷水擦身，我比任何人都彻底。

一个声音　你不要嘴硬。你的内心其实很虚弱，你是为了反驳你所受的社会谴责才这样说的。

我　我当然是这么打算的。首先，想想就知道这样很好，你不反驳最后就会被压迫死。

一个声音　你真是个厚脸皮的家伙。

我　我脸皮一点儿也不厚。我的心里只要稍稍有点儿什么事，就会像冰一样凉透。

一个声音 你觉得自己是一个有能力的人吗？

我 我当然是有能力的人之一，可还算不上是最有能力的人。如果我是最有能力的人的话，我也许会像歌德一样，很容易地成为偶像。

一个声音 歌德的恋爱是很纯洁的。

我 胡说，那是文艺史家的谎话。歌德在刚好三十五岁的时候，突然逃到意大利去了。是的，只能说是逃走的。知道这个秘密的除了歌德自己之外，大概就只有斯泰因夫人[1]了。

一个声音 你完全是在给自己辩护。世上没有什么比自我辩护更容易了。

我 自我辩护也不那么容易。要是那么容易的话，律师这个职业就没法让人做下去了。

1　魏玛大公母亲的侍从冯·斯泰因男爵的夫人，一直是歌德的支持者。

一个声音　简直是个善于诡辩的家伙！没人愿意理你。

我　我有赠我激情的树木和水，另外还有三百多本讲日本中国、东西方的书呢。

一个声音　可是你会永远失去你的读者。

我　我将来会有读者。

一个声音　将来的读者会给你面包吗？

我　现在的读者也没怎么给呀。我得到的最高稿费才一张稿纸十块钱。

一个声音　可是你有资产吧。

我　我的资产就是本所的那块巴掌大的地。我的月收入最高的时候也没超过三百块。

一个声音　可是你有房子，还有《近代文艺读本》……

我　房子的梁对我来说太重了，《近代文艺读本》的版税钱倒可以借给你，我得了四五百块钱。

一个声音	可你是那本书的编者，光这一点你就应该感到羞耻。
我	你说我应该为什么地方感到羞耻？
一个声音	你成了教育家的同伙。
我	那是瞎说。是教育家想跑到我们的圈子来，我只是把那份工作要回来而已。
一个声音	你这样还像是夏目先生的弟子吗？
我	我当然是夏目先生的弟子。虽然你可能知道亲近文墨的漱石先生，但是却不了解近于癫痴的天才夏目先生。
一个声音	你这个人没有思想，偶尔有的也只是充满矛盾的思想。
我	这正是我进步的证据。傻子总以为太阳比脸盆小。
一个声音	你的傲慢会毁了你的。
我	我经常这么想——或者说我可能是个不能寿终正寝的人。
一个声音	看起来你不怕死啊，是不是？

我	我怕死。但是，死并不困难，我已经上过两三次吊了，不过大约挣扎了二十秒后，我甚至有了一种快感。要是我遇到了比死还让我不高兴的事的话，不管什么时候我都会毫不犹豫地去死的。
一个声音	那你为什么不死呢？不管在谁看来，你都是法律上的罪人。
我	这我也承认。像魏尔伦一样，像瓦格纳一样，或往大了说，像斯特林堡一样。
一个声音	但是你却没赎罪。
我	不，我在赎罪。没有什么痛苦比赎罪更甚。
一个声音	你实在是无可救药了。
我	我毋宁说是个善男子。如果我是坏人的话，我就不会如此痛苦，不仅如此，可能还会利用恋爱去骗取女人的钱财。

一个声音	那你也许是个傻瓜。
我	是啊，我也许就是个傻瓜。那篇《某阿呆的一生》写的就是像我这样的傻瓜。
一个声音	你还是个不通世事的人。
我	如果熟谙世事算是最高等的话，那么实业家就比什么都高等喽。
一个声音	你看不起恋爱，可是今天看来，你竟还是个恋爱至上主义者呢。
我	不，我到今天也绝不是恋爱至上主义者。我是诗人，是艺术家。
一个声音	但你不是为了恋爱把父母妻子都抛弃了吗？
我	瞎说！我只是为了自己把父母妻子抛弃的。
一个声音	那你就是个利己主义者。
我	我恰恰不是利己主义者。但是我倒想成为利己主义者。
一个声音	你非常不幸，竟沉溺于近代自我崇拜。

我	正因如此，我才是个近代人。
一个声音	近代人还不如古代人。
我	古代人也曾经是近代人。
一个声音	你就不可怜你妻子吗？
我	有谁能不可怜别人？你读高更的信看看。
一个声音	你真是不打算承认你的所作所为啊。
我	我要是认可自己做的一切，就不在这儿和你说话了。
一个声音	那你还是不认可喽？
我	我只是绝望了。
一个声音	那么你怎么承担你的责任呢？
我	四分之一是出于我的遗传，四分之一缘于我的境遇，四分之一因为我的偶然——我的责任只有四分之一。
一个声音	你这个人简直太卑鄙了。
我	任何人都像我一样卑鄙吧。
一个声音	那你就是恶魔主义者。
我	我恰恰不是恶魔主义者，特别是我还常常看不起处于安全地带的恶魔主

义者。

一个声音　（沉默片刻）反正你现在很痛苦，这一点我可以断定。

我　不，你可别轻易抬举我，我没准儿还以痛苦为荣也不一定。不仅如此，"得而患失"也是有能力者之所为呀。

一个声音　你也许是个老实人，可也许也是个幽默家。

我　我也正在想我算哪一类呢。

一个声音　你总以为自己是现实主义者吗？

我　我正是这么一个理想主义者。

一个声音　你或许会毁灭的。

我　但是制造出我的，会造出另一个我。

一个声音　那你就随便痛苦好了，反正我要离开你了。

我　等等，在你走之前让我问问你。你一直不住地在问我——不见天日的你到底是什么？

一个声音　　我？我是在世界的黎明时和雅各[1]角力
　　　　　　的天使。

二

一个声音　　我很佩服你的勇气。

我　　　　　不，我没有勇气。要是我有勇气的话，
　　　　　　就不会跳进狮子的嘴里，而会等着狮
　　　　　　子来吃我。

一个声音　　可是你以前做的事很有人情味。

我　　　　　最有人情味的又是最有动物味的。

一个声音　　你做的事并不坏，你只是因现代的社
　　　　　　会制度而痛苦罢了。

我　　　　　就算社会制度改变了，我的行为也肯
　　　　　　定会让几个人不幸。

一个声音　　可是你并没自杀。你的确有力量。

1　据《圣经·旧约·创世记》，雅各是以色列人的始祖。

我	我时常想自杀，特别是想自然地死去，为了这个我曾经每天吃十只苍蝇。把苍蝇撕碎后吞下去倒是没什么，就是嚼的时候觉得有点恶心。
一个声音	相应的，这样一来你就很伟大了。
我	我并没追求什么伟大，希望的只是和平而已。你看看王尔德的信，他写道：只要有够用的钱，能和妻子与两三个孩子一起生活，即使写不出什么伟大的艺术也很满意。王尔德尚且如此，我那了不起的王尔德尚且……
一个声音	反正你很痛苦。你也不是没有良心的人。
我	我没有什么良心，有的只是神经。
一个声音	你的家庭生活很不幸。
我	不过我老婆始终非常忠于我。
一个声音	你的悲剧在于你有比别人更了不起的理智。
我	胡说！我的喜剧在于我比别人缺乏处

理俗务的智慧。

一个声音	但你很老实。你在任何事情都还没暴露的时候，就把一切对你所爱的女人的丈夫讲了。
我	这是瞎说。如无必要，我什么都不会说的。
一个声音	你是个诗人，是艺术家。对你来说，任何事都是允许的。
我	我是个诗人，是艺术家，可我又是社会的一分子。我背负十字架并不是不可思议的事，即使这样，十字架也还是过于轻了。
一个声音	你忘了你的自我，你尊重你的个性，蔑视丑陋的民众吧。
我	不用你说，我也在尊重自己的个性，但我不蔑视民众。我曾经说过："玉碎瓦全。"莎士比亚、歌德和近松门左卫门总会消失的，但是他们的母体——广大的民众却不会灭亡。所有

的艺术就是改变了形态，其后也会再生的。

一个声音　你写的东西很有独创性。

我　不，绝不是独创的。首先，谁是具有独创性的？就算是冠绝古今的天才写的东西，其原型也随处可见。我就经常偷着用。

一个声音　可你也在教别人呢。

我　我所教的只是我不会的。要是我会的，在教之前我自己就做了。

一个声音　我确信你是超人。

我　不，我不是超人，我们都不是超人。超人只有查拉图斯特拉一个人。而且这个查拉图斯特拉到底是怎样迎接死亡的，连尼采自己也不知道。

一个声音　连你也害怕社会吗？

我　有谁不怕社会？

一个声音　你看在监狱住了三年的王尔德，他说："妄自自杀有负于社会。"

我	王尔德在监狱里曾经好几次企图自杀，没自杀成功只是因为没有自杀的办法。
一个声音	你就蹂躏善恶吧。
我	我今后即便不情愿，也还是要当好人。
一个声音	你也太单纯了。
我	不，我太复杂了。
一个声音	不过你就放心吧，你的读者不会少的。
我	那要等版权到期以后了。
一个声音	你为爱吃了不少苦啊。
我	为了爱？你就少说点文学青年式的恭维话吧，我只是在性上摔了跟头而已。
一个声音	任何人在性上都容易跌跟头。
我	别人只是说，任何人都容易在金钱上跌跟头。
一个声音	你是挂在人生的十字架上了。
我	这并不是值得我骄傲的事。杀情妇的人和诈骗犯也都被钉在十字架上了。

一个声音　人生并不是那么阴暗的。

我　　　我知道，除了"被选出来的少数"之外，人生对任何人来说都是阴暗的。而所谓"被选出来的少数"，也只是傻子和坏人的代名词。

一个声音　那你就去痛苦吧。你知道我吗？你知道专门来安慰你的我吗？

我　　　你是狗，是从前变成狗进了浮士德房间的恶魔。

三

一个声音　你在干什么？

我　　　我只是在写作而已。

一个声音　你为什么要写作呢？

我　　　因为不写不行。

一个声音　那你就写吧，一直写到死。

我　　　那当然了——首先我没办法不写。

一个声音　你倒是很沉得住气呀。

我　　　　不，我一点儿都沉不住气。要是了解我的人，就会知道我的痛苦。

一个声音　你的微笑到什么地方去了？

我　　　　回到天上的神那里去了。为了能给人生送去微笑，首先就要能有平衡心理的性格，第二则要有钱，第三则必须有比我还结实的神经。

一个声音　不过你很放松嘛。

我　　　　嗯，我很放松。不过，为此我裸露的肩膀要承受一生的重负。

一个声音　你只有按照你的方式生活，或者按照你的方式……

我　　　　就是，按照我的方式去死。

一个声音　你和过去的你不一样了，变成另一个你了。

我　　　　我什么时候都只是我自己。大概是这张皮变了吧，像蛇蜕了皮一样。

一个声音　你什么都明白。

我 不，我什么都不明白。我意识到的只是我灵魂的一部分，我没意识到的那一部分——我灵魂的非洲还是茫茫一望无际。我害怕这一点。怪物不停留在光亮里，可在无边无际的黑暗里，有什么还在睡着。

一个声音 你也曾经是我的孩子。

我 谁？和我接过吻的你？不，我知道你。

一个声音 那你以为我是谁？

我 是夺走我的和平的东西。是破坏我的伊壁鸠鲁主义[1]的东西。是让我失去——不，并不只是我，失去从前中国圣人教导的中庸精神的东西。你所牺牲的东西到处都是，文学史上有，报纸的报道上也有。

一个声音 你把这个叫作什么呢？

我 我——我不知道叫什么。但要是借别

---

1 古希腊学者伊壁鸠鲁提倡的愉悦主义。

人的话来说，你是超越我们的力量，是支配我们的圣灵 [1]。

一个声音　你自己祝福自己吧。我再也不来和任何人说话了。

我　　　　不，我觉得我比任何人都需要防范你的到来。你到过的地方就没有和平，而且你像 X 光一样能渗透到所有地方。

一个声音　那你以后就多加小心吧。

我　　　　我以后当然要加小心了，不过，当我拿起笔的时候嘛……

一个声音　你是说，让我在你拿笔的时候来吗？

我　　　　谁说让你来了！我是一群小作家中的一个，也想成为一群小作家中的一个，若非如此就无法得到和平。但当我拿起笔的时候，也许会成为你的俘虏。

一个声音　那么你就多留神吧。首先，我也许会

1　介于神和人之间，时而译作"恶魔"。作者在《西方之人》一文中写到"歌德总是冠圣灵以 daemon 之名"，结合本文不难发现，作者是赞成将"daemon"的名号赋予圣灵的。

把你所说的话一一实现的。那就再见了，我还会来和你见面的。

我　　（剩下自己）芥川龙之介！芥川龙之介！你把根扎得深一点，你是被风吹的芦苇。天有不测风云，你好好站稳吧。这是为了你自己，同时也是为了你的孩子们。别自我陶醉了，同时也不要卑躬屈膝。从今往后，你要重新开始。

昭和二年（1927）遗稿

（宋再新　译）

梦

　　我实在是太疲倦了。不用说肩膀和脖子都已僵直，失眠也相当厉害。这还不算，即使偶尔睡着了，也会做各种各样的梦。不知是谁在哪儿说过："做有颜色的梦是不健康的证据。"可这大概跟我是画家也有关系吧，我基本上就没做过没有颜色的梦。我和朋友们一起穿过郊区一家咖啡馆的玻璃门，那扇满是灰尘的玻璃门外是铁路道口，道口边的柳树刚吐新芽。我们坐在角落里的桌子边，吃着碗里盛着的什么东西。可吃完了一看，剩在碗底的是一只一寸来长的蛇头——这种梦也色彩鲜艳。

　　我租的房子在寒冷的东京郊外。只要心情一忧郁，我就从租的房子后边爬上土堤，俯视下面

的省线电车轨道。沾满油和铁锈的碎石上，几条
轨道发出亮光，而对面的土堤上，有一棵树斜着
伸出树枝，好像是榉树。说这种景色本身就是忧
郁的话，一点也不过分，可是比起银座和浅草来，
还是这儿的风景适合我的心情。为了"以毒攻毒"，
我一个人蹲在土堤上，一边抽着香烟，一边想着
这些事。

　　我并不是没有朋友。我的朋友是个年轻的西
洋画家，是财主的儿子。他看见我无精打采的样
子，就劝我出去旅行。"钱总会有办法的，"他就
这么热情地对我说。可我自己比谁都清楚，即使
去旅行，也并不能治好我的忧郁症。实际上三四
年前我也陷入过忧郁状态，为了能暂时缓解症状，
我特地大老远到长崎去旅行。可是到长崎一看，
哪个旅馆都不称心。这还不算，好容易住下之后，
晚上有几只很大的扑火飞蛾飞了进来。我最后受
够了罪，没过一个星期就跑回了东京……

　　在一个地上还有残霜的下午，我去取钱回来
时，忽然有了创作欲。其中也有因为身上有了钱

可以找模特的关系，但除此之外，我的创作欲也确实是发作式地强烈。我没回租的房子，而是先去了一家叫 M 的地方，雇了一个可以画十号画布的模特。这样的决心让陷入忧郁的我打起了精神，这实在是很久没有过的事了。"要是这张画能画成，死也值了。"我实际上就是这么想的。

从那家 M 请来的模特脸长得并不漂亮，但是她的身体——特别是胸部很好看，满头朝后梳的头发很密。我对她很满意，让她坐上藤椅后，立刻着手画起来。光着身子的她拿着代替花束的英文报纸卷，两腿稍稍靠拢，偏着头摆了一个姿势。可我一面对画架，就感到身体非常疲倦。我的房子朝北，屋里又只有一个火盆。尽管火盆里的炭火几乎都把火盆的边缘烤焦了，但屋里还是不怎么暖和。她坐在藤椅上，略叠在一起的两腿肌肉时时反射似的抽搐着。我在拿刷子画着的同时，一阵阵地觉得气不打一处来。不是针对她，是对我自己买不起另一个炉子而感到气愤。同时我又为自己对这种事着急上火而更加不满。

"你住在哪儿？"

"你问我的住处？我住在谷中三崎町。"

"你一个人住吗？"

"不是，和朋友一块儿住。"

我一边这么聊着，一边在原来画了静物的旧画布上慢慢地加上颜料。她偏着头，脸上一点表情也没有。不仅如此，她的话语和声调也很呆板，我只能以为她生来就是这个样子。等我觉得她不紧张了的时候，常常在规定的时间外也让她摆姿势。不过，不知什么原因，我在她眼睛都不转一下的姿态中察觉到了一种异样的压迫感。

我的画作进展不大。完成一天的工作后，我基本就倒在地毯上，揉揉脖子和肩膀，或呆呆地打量房间。房间里除了画架之外，只有一把藤椅。藤椅因空气的湿度变化，有时就算没人坐，也会发出声音。我觉得很吓人，便立刻出去散步。说是散步，其实也就是沿着房后的土堤，到有很多寺庙的乡镇街道去。

我一天也不休息，不断地面对画架画着，模

特也天天都来。但在她的身体前我还是觉得有压迫感，同时也对她健康的身体感到羡慕。她仍然面无表情，眼睛盯着房间的一角，在粉红的地毯上躺着。

"这个女人比起人来倒更像是动物。"我拿着刷子往画布上涂着，不时这么想。

在一个风略带暖意的下午，我仍然面向画架，一个劲儿地画着。模特好像比平时更沉默，这愈发让我觉得她的体内有种野蛮的力量。我还觉得，她的腋下有一种气味，那气味有点像黑人皮肤发出的那种臭味。

"你是什么地方出生的？"

"群马县 XX 町。"

"XX 町？那儿织布的多啊。"

"是。"

"你不会织布吗？"

"我小时候织过。"

说话间，我忽然注意到她的乳头长得很大，恰好像洋白菜将绽未绽的芽一样。我当然还是像平常一样用刷子画着，但奇怪的是，我又不能不去注意她那既可怕又好看的乳头。

到了晚上，风还没停。我一下子睁开眼睛，想去租住的房子的厕所。但是脑子清醒之后一看，虽然纸拉门开着，但我还在屋里打着转。我不由得停下脚步，呆呆地看着房间。最后，眼睛落在脚边粉红色的地毯上。于是我光着脚，用脚趾轻轻擦着地毯，地毯给我的感觉就像皮毛一般。"这块地毯的背面是什么颜色的？"这让我产生了兴趣。但奇怪的是，我又怕把地毯翻过来看。我去了厕所后，就匆匆钻进了被窝。

第二天，我一干完活，就觉得比平时更失落。这是因为我在自己的房间里反而觉得很不踏实，于是我又到房后的土堤上去。周围已经黑了下来，但奇怪的是，在暗淡的光线里，树和电线杆清清楚楚。我沿着土堤走，一心想要大声叫喊，不过我当然要压抑这念头才行。我觉得只有我的脑袋在走，沿着土堤下去，走到不像样的乡镇街道。

这里的乡镇街道仍然几乎见不到行人，不过

路边的一根电线杆上拴了一头朝鲜种牛。朝鲜牛伸着脖子，很奇怪，它的眼睛像女人的眼睛一样，直直地盯着我看，那眼神就像是等着我到来一样。我看出牛的表情里明显有一种挑战的意思。"这家伙对着屠夫肯定也是这样的眼神。"这样的想法也让我感到不安，我渐渐地又忧郁起来，终于没从牛的身旁经过，而是拐进了胡同。

两三天后的一个下午，我还在画架前不停地挥舞着刷子。躺在粉红色地毯上的模特仍然是连眉毛都不动一下。算起来，前后半个月里，我在这个模特前持续画着一直完不成的画，而我们却始终没有交心。不，应该说我感受到的她的压迫感越来越强烈了。她在休息时间里连一件衬裙都不穿，对我的问话也只是郁闷地答上一句。不过今天不知是怎么了，她背对着我（我忽然发现她的右肩上长着一颗痣），脚伸在地毯上，对我这样说：

"老师，通向你的房子的路上铺着几条细石吧？"

"嗯……"

"那是胞衣塚呢。"

"胞衣塚?"

"哎，是表示这里埋着胞衣的标志。"

"为什么?"

"那上面不是写得清清楚楚的吗?"

她越过肩膀看着我，脸上露出近乎冷笑的表情。

"任何人都是裹着胞衣出生的吧?"

"这话真没意思。"

"可是一想到是裹着胞衣出生的……"

"嗯?"

"就觉得自己像是狗的孩子。"

在她的面前，我又开始挥动没有进展的刷子。没有进展? —— 可这并不等于我没有激情。我总是觉得她的身上有一种需要粗野表现的东西，但表现这种东西却是我力所不及的。何况我的内心还有一种想躲避这种表现的想法，可能是想躲避使用油画工具或刷子来表现的想法。说起要使用什么的话——我继续挥动着刷子，心里不断想起在哪个博物馆看到的石棒和石剑。

她回去以后，我在昏暗的电灯下翻开高更的大型画册，看着一张张泰提的画。看着看着，我忽然发现自己嘴里在反复地说着文言文："吾思理应如此。"为什么要反复这句话，我也不知道。我觉得挺吓人的，于是让女佣铺好被褥，吃了安眠药，我就睡了。

我睁开眼睛的时候已经快十点了。大概是因为昨天晚上暖和，我躺在了地毯上。可比这更让我惦记的，是我睡醒前做的梦。我站在这间房子的中间，想用一只手把她勒死（我清楚地知道这是梦）。她的脸略向后仰，眼睛闭着，脸上仍然毫无表情。她的乳房涨得圆圆的，很好看，隐隐看得到乳房上鼓起的蓝色血管泛着微光。对于想要勒死她，我心里没有一点障碍。不，可以说心里有一种快感，好像是做了该做的事。她终于闭上眼睛，就像死了一样。——我从这样的梦里醒来，洗过脸后，又喝了两三杯浓茶。我的心情越发忧郁了。我心里其实并没有要杀她的想法，可是在我的意识之外——我抽着香烟，控制住自己的惴惴不安，专等模特来。可是到了一点钟，她还没有到我的房间来。在等待她的这段时间里，我心里很痛苦。我实在等不及了，就想出去散步，但是散步对我来说也是很可怕的事。走到我房间的纸拉门外——这么简单的事我都觉得受不了。

天终于黑了。我在房间里转着圈子，还在等着不可能来的模特。这段时间里我想起了十二三年前的事。也是在这样的黑天里，我——当时还是孩子的我正在点烟火。那当然不是在东京，是在我父母乡下住处的走廊外。这时忽然有人大声喊："嘿，小心点。"还有人使劲摇晃我的肩膀。我当然以为自己坐在走廊上，可是恍恍惚惚地一看，原来我不知什么时候，已经蹲在房后的大葱地里，正一个劲儿往大葱上点火呢，火柴盒不知什么时候也差不多空了。我一边吹灭香烟，一边不能不想到我的生活里还有自己所不知道的时间。这种想法不仅让我不安，更让我害怕。我在昨晚的梦里用一只手勒死了她，但如果这不是梦的话……

第二天模特还是没来。我去了 M，准备打听她的下落，可 M 的主人也不知道她的事。我越发感到不安，就打听她的住处。据她自己说，她应该住在谷中三崎町，可是 M 的主人说她住在本乡东片町。我在电灯刚亮的时候走到她在本乡东片町的住处。她住的地方在一条小胡同里，那是一家涂着粉红漆的洋式洗衣店。在有玻璃门的洗衣店里，两个只穿着一件衬衫的工人正在使劲用熨斗熨烫衣服。我刚要不慌不忙地推开这家店的玻璃门，门在这时却突然撞了我的头。这声音不但让工人吓了一跳，我自己也受惊不小。

我怯生生地进了店里，问其中一个工人：

"有个叫 XX 的，是住在这儿吗？"

"叫 XX 的还没回来。"

这句话让我更不放心了，但是不是要接着问，我还拿不准。我也要提防着，万一出了什么事，不能让他们怀疑上我。

"她常常一走就一个星期都不回来。"

一个面相难看的工人，手没停下熨烫的活计，又加了这么一句。我听得出他的话里明显带着轻蔑的口吻。我也生了气，匆匆离开了这家店。不过这还算好的。我在这个很多店都关了门的东片町街上走着，忽然想起好像什么时候做梦遇到过这样的事。涂了油漆的洋式洗衣店、面相难看的工人、里面烧着火的熨斗——不，连寻找她，也的确和几个月前（或者在几年前）做的梦里看见的一模一样。另外，在那个梦里，好像我离开洗衣店后，也是一个人在没人的街上走着。然后……然后我就一点也不记得那梦的后续了。但是我想，要是现在出了什么事的话，很可能立刻就会成为梦里的事……

昭和二年（1927）

（宋再新　译）

某阿呆的一生

久米正雄君：

我的这篇稿子是否发表，以及发表时间和发表刊物，完全委托给你决定。

你大概知道稿子中的人物指的是谁，但我希望如果发表的话，你不要进行注释。

我现在生活在最不幸的幸福之中，然而奇怪的是，我没有后悔，只是觉得有恶夫、恶子、恶父如我的人们是何等可怜。再见吧。我在这篇稿子里至少没有打算有意识地自我辩护。

最后，我想说的是，之所以把这篇稿子委托给你，是因为我认为你大概比别人更了解我（如果剥去这层城市人外皮）。那就请你笑话我在稿子里的傻样吧。

芥川龙之介

昭和二年（1927）六月二十日 [1]

一　时代

一家书店 [2] 的二楼。他，二十岁，正站在搭于书架上的西式梯子上寻找新书。莫泊桑、波德莱尔、斯特林堡、易卜生、萧伯纳、托尔斯泰……

天色渐晚，但他依然专心致志地看着书脊上的文字。排列在书架上的，与其说是书籍，不如说是世纪末本身。尼采、魏尔伦、龚古尔兄弟、豪普特曼、福楼拜……

他与昏暗搏斗着，历数这些人的名字。但是，书籍渐渐沉浸在忧郁的暗影里，他也终于失去耐

1　作者于这一年的七月二十四日自杀。

2　日本东京都中央区日本桥的丸善书店。

心，正打算从梯子上下来。突然，头顶上一盏没有灯罩的灯亮了起来。他伫立在梯子上，俯视着在书籍间走来走去的店员和顾客。他们显得那么瘦小，还一副寒酸苦相。

"人生不如一行波德莱尔。"

他从梯子上静静地注视着他们……

二　母亲

疯子一律身穿深灰色的衣服，宽大的房间因此显得更加忧郁。一个疯子坐在风琴前，一直热情地弹奏赞美歌。另一个疯子站在房间的正中间，与其说在跳舞，不如说在狂热地转圈跳动。

他和一个面色红润的医生一起观看这个景象。他的母亲在十年前和这些人毫无二致。毫无二致——实际上，他已经从这些人的气味中感觉到母亲的气味。

"走吗？"

医生先一步往前走，沿着走廊走进一间房间。房间的角落摆着一个装满酒精的大玻璃罐，里面浸泡着几个脑髓。他在一个脑髓上发现一点白色的东西，好像滴落在上面的蛋清。他一边和医生谈话，一边又想起自己的母亲。

"这是 XX 电灯公司工程师的脑髓，他一直认为自己是黑亮的大发电机。"

为了躲避医生的目光，他看着玻璃窗外面。外面除了插有玻璃瓶碎片的砖墙外，没有别的东西。但稀疏斑驳的地衣显出淡淡的白。

三　家

他原先住在郊外一座小楼二层的房间里。由于地面松软，楼房奇怪地倾斜着。

他的伯母经常在这二楼房间里和他吵架，他也因此接受过他养父母的仲裁。但他从他的伯母身上感受到最大的爱。伯母一生独身，在他二十岁的时候，伯母已近六十。

他在二层的房间里经常思考这样的问题：相爱的人就一定要使对方痛苦吗？这时，他总是感觉到二楼令人恐怖的倾斜……

四　东京

隔田川浑浊阴霾。他透过行驶的小汽艇的窗户，眺望着向岛的樱花。在他看来，鲜花盛开的樱树如一排破布般忧郁。但是，他总是从这樱花——江户时代起便颇具盛名的向岛樱花中发现自我。

五　我

他和他的前辈[1]在一家咖啡店里相对而坐。他

---

[1]　指谷崎润一郎。

不停地吸烟，很少说话，但热心倾听对方的谈话。

"今天坐了半天的汽车。"

"是因为有什么事吗？"

前辈双手支着下巴，极其随意地回答："没有，只是想坐而已。"

这句话把他解放到一个陌生的世界——与诸神接近的"我"的世界。他感觉到一种疼痛，同时却也感觉到欢喜。

这家咖啡店非常小，但在镶嵌着牧羊神的镜框底下，摆着一个深红色的花盆。橡胶树低垂着肉质肥厚的树叶。

六 疾病

他在不停吹拂的海风里翻开英语大辞典，用手指寻找着词语。

Talaria 带翅膀的鞋或者凉鞋。

Tale　话。

Talipot　产于东印度的椰子。树干高达五十至一百英尺，叶子用以制作伞、扇子、帽子等，七十年开花一次……

　　他的想象力清晰地描绘出这椰子花，于是他感觉到喉咙中到从未有过的奇痒，不由得把一口痰吐在辞典上。痰？但那不是痰。他想到生命的短暂，又一次想象那椰子花，那遥远的大海彼岸，高耸入云的椰子树的花朵……

七　绘画

　　突然——其实就是突然，他站在一家书店前看着高更的画集时，突然对绘画产生了理解。当然，那本高更画集是照片版本，但从中也能够感受到鲜明深刻的大自然。

　　对这些绘画的热情更新了他的视野。他不

知不觉地开始注意树枝弯曲的形状和女性丰腴的脸颊。

秋雨过后，一个黄昏，他从郊外的铁路护栏下走过。护栏对面的堤坝下停着一辆马车。他走过去的时候，觉得有人先前走过这条路。是谁呢？现在没有必要问他本人。在二十三岁的他的心里，有一个割掉自己耳朵的荷兰人，正叼着大烟斗聚精会神地凝视这忧郁的风景……

八　火花

他冒雨走在柏油路上。雨相当大，他在雨水里闻到雨衣上刷的橡胶味道。

这时，眼前一条架空电线发出紫色的火花，他莫名其妙地激动起来。他的上衣口袋里装着要在他们同人杂志上发表的稿件。他一边冒雨前行，一边回头，又看了一眼那条电线。

电线还在发出激烈的火花。他环视人生，没

有特别想要的东西。但是，唯有这紫色的火花——
这在空中凌厉爆发的火花，哪怕付出生命，他也
想换取。

九　尸体

　　所有尸体的大拇指上都用铁丝拴着一个名牌，
名牌上写着姓名和年龄。他的朋友弯着腰，正用
手术刀非常熟练地开始剥下一具尸体的脸皮。皮
肤下面是美丽的黄色脂肪。

　　他凝视着尸体，这对于他完成一篇短篇——
一篇以王朝时代为背景的短篇小说，是完全有必
要的。尸体发出烂杏般的臭味，使他心情不快。
他的朋友紧皱眉头，沉着地动着手术刀。

　　"这一阵子连尸体都不够。"

　　他的朋友这样说。他早已准备好答案："要
是尸体不够，我就会没有恶意地去杀人。"当然，
他只是在心里这样回答。

十　先生 [1]

他在巨大的橡树下阅读先生的书。秋天的阳光里，橡树的叶子纹丝不动。遥远的天空中，一杆垂着玻璃秤盘的秤在保持着平衡。他一边阅读先生的书，一边感受着这样的景象……

十一　黎明

天色逐渐破晓。他眺望着城市街角一个规模很大的早市。熙熙攘攘的人群和车辆都映染着蔷薇色的微光。

他点燃一支香烟，慢慢走进市场。这时，一条瘦小的黑狗突然对他吠叫起来。而他毫不吃惊，甚至喜欢这条狗。

市场的正中间有一棵法国梧桐，树枝向四面

1　指夏目漱石。

伸展。他站在树根下，透过树枝仰望高高的天空。他的头顶上，亮着一颗星星。那时他二十五岁，时值遇见先生的第三个月。

十二　军港

　　潜水艇舱内很是昏暗，前后左右全是机器。他弯腰看着小小的窥望镜，映在窥望镜里的是明亮的军港景象。

　　"能看见那边的'金刚号'。"

　　一个海军军官对他这样说。他透过四方形镜片，眺望显得很小的军舰，突然莫名其妙地想起了荷兰芹。配在一份三十钱的牛排上、散发出淡淡味道的荷兰芹……

十三　先生之死 [1]

雨后的风中，他走在一个新的停车场站台上。天空仍然昏暗。三四个铁路工人在站台对面，一起挥动铁镐，高声唱着什么。

雨后的风把他们的歌声和感情吹得四分五裂。他把香烟叼在嘴里，却没有点火，感觉到一种近乎愉悦的痛苦。他的口袋里还塞着"先生病危"的电报……

这时，一列早晨六点上行的火车从长满松树的山包背后，拖着淡淡的白烟，扭曲似的朝这边驶来。

十四　结婚 [2]

他在婚后第二天，就对妻子抱怨："你一来就

---

[1]　夏目漱石死于大正五年（1916）十二月九日。

[2]　芥川龙之介于大正七年与塚本文子结婚。

这样大手大脚地花钱，这怎么行？"其实，与其说这是他的不满，不如说这是伯母逼他说的抱怨的话。之后，他的妻子不仅对他，也对他的伯母道歉。面前摆着妻子为他买的黄水仙花盆……

十五　他们

他们和睦地生活着，在宽大的芭蕉叶下——因为他们住在从东京坐火车出发也需要整整一个小时才能到的海边城镇里……

十六　枕头

他枕在散发着蔷薇叶气味的怀疑主义上，阅读阿纳托尔·法朗士的书籍。但是，他没有意识到，这枕头里也有人头马神。

十七　蝴蝶

　　一只蝴蝶在弥漫着海藻气味的风中翩翩飞舞。他瞬间感觉蝴蝶的翅膀接触到自己干燥的嘴唇。但是，抹在他嘴唇上的翅膀的粉在几年后依然闪亮。

十八　月亮

　　他在一家饭店的楼梯上与她邂逅。她的脸在白天也仿佛沐浴着月光。他目送她离去（他们素不相识），感受到从未有过的寂寞……

十九　人造翅膀

　　他从阿纳托尔·法朗士转向十八世纪的哲学家，但他无法接近卢梭。这也许是他自身有一面与卢梭容易产生感情冲动的这一面接近的缘故。于是他走近自身的另一面——与富有冷静理智的一面接近的老实人[1]哲学家。

他二十九岁，人生却毫无光明。但伏尔泰给予他人造翅膀。

他展开这人造翅膀，轻易地飞上天空。同时，沐浴着理智之光的人生悲欢沉入眼睛下面。他把冷嘲热讽扔在破破烂烂的城市上，在无边无际的天空中径直向太阳攀登，忘记了古希腊人也是这样展开人造翅膀向太阳飞去，结果翅膀被太阳烧毁坠海而死……

二十　枷锁

他们夫妻决定和他的养父母住在一起，这是因为他已经决定要去一家报社工作。一份写在黄

1　这里指法国作家伏尔泰的哲理小说《老实人》。

纸上的合同使他充满信心。但后来，仔细一看这份合同，发现报社没有承担任何义务，只有他必须承担义务。

二十一　疯子的女儿

阴天，两辆人力车在静悄悄的田间道路上奔跑。根据吹来的海风也可以知道，这条路通往海边。他坐在后面一辆人力车上，奇怪自己竟然对这个约会地点毫无兴趣，同时思考究竟是什么把自己引到这个地方来。这绝不是恋爱。如果不是恋爱的话——他为了回避回答，只好思考"总之，我们是平等的"。

坐在前面那辆人力车上的是一个疯子的女儿。她的妹妹也因嫉妒而自杀。

"已经没有办法了。"

他对这个疯子的女儿——只有强烈的动物本能的她，感到一种憎恶。

　　两辆人力车从散发着大海腥味的墓地外跑过。粘着牡蛎壳的木头围墙里，立着几座黑黢黢的石塔婆。他眺望着石塔婆的那一边泛着微光的大海，突然对她的丈夫——没能抓住她的心的丈夫，产生轻蔑的感觉……

二十二　某画家[1]

　　这是某杂志上的一幅插画。这幅描绘着一只公鸡的水墨画具有鲜明的个性。他向一位朋友打听这位画家。

　　一周以后，这位画家前来拜访。这是他的人生中一件特别重要的事情。他从画家身上发现了谁也不知道的诗歌，还发现了连他自己都不知道的他的灵魂。

　　一个微寒的秋日黄昏，他忽然从一棵玉米上

1　指小穴隆一。

想起这个画家。高高的玉米包裹着粗糙的叶子，神经一样的细根裸露在鼓起的土地上。这无疑也是容易受到伤害的他的自画像。然而，这个发现只能使他忧伤。

"已经晚了。但是，一旦关键的时候……"

二十三 她

暮色初降，他拖着低烧的身体，在广场上行走。在略显银色的澄净天空下，几幢高楼大厦的窗户亮起耀眼的灯光。

他在路边停下脚步，等待她的来临。大约五分钟以后，她向他走来，脸色显得疲惫憔悴。一看见他，她就说了一句"我累了"，脸上却绽开笑容。他们并肩在微暗的广场上走着。那是他们的第一次。为了能和她在一起，他觉得似乎什么都可以抛弃。

他们坐进车子以后，她凝视他的脸，问道：

"你不后悔吗？"他斩钉截铁地回答："不后悔。"
她按住他的手，接着说道："我也不后悔……"这
个时候，她的脸也如沐浴着月光。

二十四　分娩 [1]

　　他伫立在屏风旁边，看着一个身穿白色手术
服的助产妇正给婴儿洗澡。每当肥皂沫沁入眼睛
的时候，婴儿的眉头总是皱得更紧，而且不停地
高声啼哭。他感觉到婴儿如同小耗子般的气味，
的确是这种感觉。"这小家伙为什么要生出来？生
到这充满苦难的俗世上来。这小家伙怎么命中注
定选择我这个人作为自己的父亲？"

　　这是他的妻子生的第一个男孩。

1　大正九年（1920）三月，芥川的长子出生。

二十五　斯特林堡

　　他站在房门口，看着几个脏兮兮的中国人在石榴花盛开的月光下打麻将。然后便转身回到屋里，在矮矮的煤油灯下，开始阅读《疯人辩护词》。还没读两页，他就禁不住苦笑起来——斯特林堡在给他的情人伯爵夫人的信中，编造了和他差不多的谎言……

二十六　古代

　　色彩剥落的佛像、天仙、马、莲花……几乎压得他喘不过气来。他仰望着这些，忘记了一切，甚至忘了自己脱离疯子的女儿手心的幸运……

二十七　斯巴达式的训练

　　他和朋友在一个胡同里走着。一辆带车篷的

人力车迎面而来，没想到上面坐的正是昨夜那个女人。她的脸色在这白日里也如沐浴着月光。在朋友面前，他们自然没有打招呼。

"这女人真漂亮。"他的朋友说。

他看着道路尽头春天里的山岭，毫不犹豫地回答："噢，是很漂亮。"

二十八　杀人

阳光照耀下，田间路上飘荡着牛粪的臭味。他一边擦汗，一边登上缓缓的坡路。道路两旁的田地散发着麦熟的芳香。

"杀死他！杀死他！"

他的嘴里不停地重复这句话。要杀谁？他心里明白。他想起那个理着平头，显得唯唯诺诺的男人。

这时，金黄色麦地对面那座罗马天主教堂的圆顶露了出来……

二十九　形式

这是一把铁制酒壶。他从这把刻有细纹的酒壶上发现了"形式美"。

三十　雨

他躺在一张大床上，和她聊各种各样的话题。寝室的窗外下着雨，文殊兰花似乎将会在雨中腐烂。她的脸依然似乎沐浴着月光，但和她聊天，他开始感到无聊。他趴在床上，平静地点燃一支香烟，想起和她一起生活已有七个年头。

"我爱这个女人吗？"

他问自己。答案使注视自我的他自己都感到意外。

"我还爱她。"

三十一　大地震 [1]

　　一种类似熟透的杏子的味道。他在烧毁的废墟上走着，淡淡地闻到这种气味，心想酷暑里腐烂尸体的气味并不像想象的那么坏。但当他站在尸体累累的池塘边时，才发现"酸鼻"这个词语给人的感觉绝不是夸大其词。尤其使他怆然伤悲的是十二三岁小孩的尸体。他凝视着这具尸体，产生一种类似羡慕的感觉。他想起这样一句话："诸神所爱的多夭折。"他的姐姐和同父异母的弟弟的家都被烧毁，但是，他的姐夫因犯伪证罪被判徒刑，缓期执行。

　　"所有的人都死去才好哩。"

　　他伫立在废墟上，的确打心眼里这么认为。

1　大正十二年（1923）九月一日，关东发生大地震。

三十二 打架

他和同父异母的弟弟扭打起来。这个弟弟因为他，无疑容易受到压迫；他因为这个弟弟，肯定失去自由。他的亲戚喋喋不休地对弟弟说："向他学习！"这无异于把他自己的手脚捆绑起来。他们互相揪着对方扭打，最后滚到廊沿上。他还记得，走廊前面的院子里有一棵百日红，在雨后的天空下盛开着明亮的红花。

三十三 英雄

他记得自己曾经从伏尔泰家的窗户仰望高山。在悬挂着冰河的山上，甚至连秃鹰的影子都看不见。但是，一个小个子的俄国人[1]一直顽强地在山路上攀登。

---

1 指列宁。

入夜以后，伏尔泰在明亮的灯光下，一边回忆那个在山路上攀登的俄国人的姿势，一边创作这种倾向的诗歌……

你比任何人都信守十诫，
你比任何人都破坏十诫。

你比任何人都热爱民众，
你比任何人都轻蔑民众。

你比任何人都富有理想，
你比任何人都了解现实。

你是我们东方诞生的
散发着花草气息的电气机车。

三十四　色彩

　　他三十岁，不知什么时候喜欢上了一块空地。空地上只是散落着一些长着苔藓的破砖烂瓦，但在他眼里，这如同塞尚的风景画。

　　他忽然想起自己七八年前的满腔热情，同时也发现，自己在七八年前对色彩一无所知。

三十五　小丑偶人

　　他曾经打算过一种死而无憾的激烈生活，却一直和养父母、伯母一起过着谨小慎微的生活，这造就了他生活的明暗两面。他看见一家西服店的橱窗里站着一个小丑偶人，心想自己与这个小丑偶人是多么相似。但是，意识以外的他 —— 即另一个他本人，早已把这种心情写进了一篇短篇小说里。

三十六　倦怠

他和一个大学生走在长满芒草的原野上。

"你们对生活还抱有旺盛的欲望吧？"

"噢，你不也是……"

"其实，我没有。我只有创作欲望。"

这是他的真实心情。他在不知不觉中失去了对生活的兴趣。

"创作欲望也是生活欲望吧？"

他没有回答。芒草红红的穗头上，火山逐渐清晰地露出来。他对火山产生了一种类似羡慕的情感，但他也不知道为什么……

三十七　越人

他遇到一个可以在才学上与自己颉颃的女人。他创作了《越人》等抒情诗，才勉强摆脱危机。这种闷闷不乐的心情如同把冻结在树干上的闪亮雪块剥落下来。

> 在风中飞舞的菅草斗笠
> 不会落到路上
> 应该如何珍惜我的名字
> 珍惜的只有你的姓名

三十八　复仇

　　这是一家饭店的阳台，周围的树正在萌芽。他在阳台上绘画，一个少年在旁边玩耍。这是七年前分手的那个疯子女儿的独生子。

　　疯子女儿点燃一支香烟，看着他们玩耍。他心情沉重地继续描画着火车、飞机。幸亏这少年不是他的孩子。但是，少年叫他叔叔，这使他无比痛苦。

　　不知少年到哪里玩去了。疯子的女儿一边吸着香烟，一边献媚似的和他搭话。

"这孩子不像你吗？"

"不像，首先……"

"可是，胎教总有吧？"

他默不作声，翻动眼皮。但他的心底深藏着恨不得把她掐死的残酷欲望……

三十九　镜子

他在一家咖啡店的角落里与朋友聊天。他的朋友一边吃烤苹果，一边说最近天气很冷。他突然从这些话题中发现矛盾。

"你还是单身吧？"

"不，下个月结婚。"

他不由得沉默下来。镶嵌在咖啡店墙壁上的镜子映照出无数他的影子，如阴森森的威胁。

四十　问答

——你为什么攻击现代社会制度？

——因为我看到资本主义产生的恶。

——恶？我认为你没有承认善恶的差别。那么你的生活呢？

他与天使这样一问一答。这位无愧于任何人的天使头戴丝绒礼帽……

四十一　疾病

他患了失眠症，身体也开始衰弱。几个医生对他的疾病做出两三种不同的诊断：胃酸过多、胃下垂、干性肋膜炎、神经衰弱、慢性结膜炎、大脑疲劳……

但是，他明白自己的病源，即自我羞愧和害怕他们的心情。他们——他所蔑视的社会！

一个天空阴霾、欲雪的午后，他坐在一家咖

啡店的角落里，叼着烟卷，听着留声机播放的音乐。这音乐的旋律神奇地流过他的心田。等音乐播放完毕以后，他走到留声机旁，看着唱片上的标签。

Magic Flute, Mozart（《魔笛》莫扎特）

他一下子明白了。打破十诫的莫扎特肯定十分痛苦，但是，也未必像他这样……他垂着脑袋，慢慢回到自己的桌旁。

四十二　诸神的笑声

他三十五岁，在春意融融的松树林中散步，想起两三年前自己写的一句话："诸神十分不幸，因为不能像我们这样可以自杀。"……

四十三　夜

　　夜又一次逼来。惊涛骇浪的大海在微光中不停地溅起水花。他在这个天空下，与他的妻子第二次结婚。他们高兴，同时也痛苦。三个孩子和他们一起眺望着海天之间划过的闪电。他的妻子抱着一个孩子，似乎在拼命忍住泪水。

　　"那边有一条船。"

　　"嗯。"

　　"是一条桅杆折断的船。"

四十四　死

　　他想趁一个人睡觉的时候，用长带子把自己吊死在窗格子上。但是，当他把脑袋钻进带子圈里的时候，突然害怕起来。其实，他并非害怕死亡瞬间的痛苦。他第二次拿起怀表，决定试着计算吊死需要的时间。在一阵痛苦过后，他开始意识模糊。只要能熬过这个阶段，肯定就会进入死亡。他看着秒针，发现自己感觉痛苦的时间是一分二十几秒。窗外一片漆黑，但是，从黑暗中传来粗砺的鸡叫声。

四十五　Divan

　　Divan（《西东合集》）[1] 又一次给予他心灵新的力量。那是他未曾知道的"东方式的歌德"。他看着悠然自得站在一切善恶彼岸的歌德，感觉到类似绝望的羡慕。在他眼里，诗人歌德比基督更伟大。这位诗人的心灵盛开着卫城、加尔各答乃至阿拉伯的蔷薇花。如果具有一些踏着他的足迹前行的力量——他看完 *Divan*，在强烈的激动平静下来以后，不禁对生为生活宦官的自己表示出极大的轻蔑。

1　歌德的抒情诗集。

四十六　谎言

　　他姐夫的自杀一下子把他打垮，今后他必须照顾姐姐一家人。他的未来也至少如黄昏一样暗淡。他对自己的精神破产发出冷笑（他对自己的恶劣品质和弱点了如指掌），却依然阅读各种各样的书籍。然而，连卢梭的《忏悔录》也充满英雄式的谎言。尤其是《新生》[1]——他还从没遇见过像《新生》的主人公那样老奸巨猾和伪善的人。只有弗朗索瓦·维庸[2]渗透进他的心灵，他在几篇诗中发现了"美丽的雄性"。

　　他还梦见等待绞刑的维庸。他有好几次坠入维庸那样的人生地狱，但他的境遇和体力不允许他这样做。他逐渐衰弱，正如过去斯威夫特看见的从枝梢开始干枯的树木……

1　岛崎藤村的小说。

2　弗朗索瓦·维庸（Francois Villon，约 1431—1474），法国诗人。贫民出身，一生颠沛流离，著有《小遗言集》《大遗言集》等。

四十七　玩火

　　她满面红光，正如朝阳照射在薄冰上的亮光。他对她怀有好感，但没有感到过恋爱之情，也从来没碰过她一根手指头。

　　"听说您想死？"

　　"嗯……不，与其说想死，不如说活腻了。"

　　他们这样一问一答以后，约定一起死去。

　　"这是精神自杀呢。"

　　"双人精神自杀。"

　　他对自己的沉着冷静感到不可思议。

四十八　死

　　他和她没有死成。只是对至今还没有碰过她一根手指头这事感到满足。她经常若无其事地和他聊天，还把自己的一瓶氰化钾交给他，说道："有了这个，大家都好办了。"

实际上，这使他增强了信心。他坐在藤椅上，看着柯树的嫩叶，一遍又一遍地想象死亡赋予他的宁静。

四十九　制成标本的天鹅

他打算用尽最后的力量写自传，但这件事并非他预想的那么容易。因为他至今还残留着自尊心、怀疑主义以及对利害得失的计较。因此他蔑视自我，但同时又觉得"不论什么人，只要剥去虚伪的表面，其实本质都是一样的"。他为自传想过无数名字，但想得最多的还是《诗与真》[1]。他明白，文艺作品未必能打动所有的读者。他还觉得，只有与他的生涯、境遇相近的人才能理解他在作品中的倾诉。为此，他决定简单地写出他的《诗与真》。

1　歌德自传。

他写完《某阿呆的一生》后，偶然在一家旧货店看见一只被制成标本的天鹅。虽然天鹅昂首直立，可是连发黄的羽毛都已被虫蛀。他想起自己的一生，情不自禁地涌上泪水、发出冷笑。他的面前只有两条路：发疯或者自杀。他在暮色苍茫的街道上踽踽独行，决心等待渐渐前来毁灭他的命运。

五十　俘虏

他的一个朋友[1]疯了。他一直对这个朋友有一种亲切感，因为他比任何人都理解这个朋友的孤独——愉快的假面掩盖下的孤独。在朋友发疯以后，他曾去探望过两三次。

"你和我都已被恶魔缠身，世纪末的恶魔……"朋友压低声音对他这样说。两三天后，去温

1　指宇野浩二。

泉旅馆的途中，还吃了蔷薇花。他想起这个朋友住院后送给他的那尊半身像陶器，那是朋友喜欢的《钦差大臣》的作者的半身像。他想起果戈理也是发疯而死，于是感觉到一种控制他们力量的存在。

他已经筋疲力尽，忽然看到拉迪盖[1]的临终遗言，于是又一次听到诸神的笑声。拉迪盖说的话是："神派兵前来抓我。"他想与他的迷信和感伤主义进行斗争。但是，不论什么样的斗争，他的肉体都已经无法支持。他无疑正受到"世纪末的恶魔"的肆虐折磨。他对相信神的力量的中世纪人表示羡慕。而他，无论如何无法相信神 —— 相信神的爱。甚至那个科克托[2]相信的神！

---

1 雷蒙·拉迪盖（Raymond Radiguet，1903—1923），法国小说家，作品有《魔鬼附身》等。

2 科克托（Jean Cocteau，1889—1963），法国作家，创作领域涉及诗歌、小说、戏剧、绘画、电影、音乐、舞蹈等。

五十一　败北

　　他拿笔的手也开始颤抖，还不由自主地流出口水。他的脑子，除了服用零点八克的佛罗拿才能清醒之外，一直都是迷迷糊糊的。清醒的时间也只有半个小时或者一个小时。他只是在昏暗中度日，以缺刃的细剑为拐杖……

　　　　　　　　　　昭和二年（1927）六月遗稿

　　　　　　　　　　　　　　（郑民钦　译）

排列在书架上的，

与其说是书籍，

不如说是世纪末本身。

点鬼簿

芥川龍之介